拯救世界吧！少女魔王！

魔王陛下哪有這麼可愛！

02

勇者大人・石詠哲
少女魔王・莫忘

莫忘

表 女高中生。

裏 魔王陛下。

私 溫和乖巧，能體諒他人，是個外柔內剛的好女孩。

技 透過「做好事」積攢魔力值，以增加自己的速度、體質以及力量，並可藉此召喚新的守護者；可是若做了壞事就會被扣魔力值，導致體力下降。

石詠哲

表 男高中生，莫忘的青梅竹馬。

裏 勇者大人。

私 輕微驕傲，與他人相處還算隨和，但和莫忘在一起時卻相當的傲嬌。

技 被勇者之魂附體的情況下會使用出劍術，卻每次都被魔王「空手接白刃」；可透過「做壞事」積攢魔力值，召喚聖獸來為自己作戰。

賽恩

表 莫忘班上的轉學生。

裏 來自魔界的魔王陛下守護者。

私 開朗無比，天然呆與天然黑的集合體。懂得尊重前輩。他全心全意信賴著魔王，並且想一直守護著她。

技 巨力武鬥派。

布拉德

表 石詠哲養的白貓。

裏 勇者大人的召喚獸。

私 因吞下聖獸之魂而變得會說話。性格傲嬌，貪吃好色無節操，格外嫌棄勇者，巴不得跳槽到艾斯特身邊。

技 裝萌討小魚乾吃，抱著艾斯特的褲腿猛蹭求摸摸。

CONTENTS

第一章

魔王哪有這麼萌

在不久之前，莫忘每天都是在鬧鈴的叫聲中起床的，然而現在——

「陛下。」

「陛下，該起床了。」

這兩個正在一聲聲喊她起床的人，一個叫艾斯特，一個叫格瑞斯，都是她的護衛官。而她，則被他們稱為「魔王陛下」。

這一切，都是從她一不小心從一顆水晶球中召喚出艾斯特開始的。

直到如今，莫忘時而還會有「我其實在做夢」的感覺呢。

不過，這種從安靜一下子變得喧鬧的生活，她也並不討厭……

★◎★◎★◎★◎

「艾斯特，叫醒陛下的工作應該由我來做！陛下，起床了！」格瑞斯喊道。

莫忘發出一聲夾雜著鼻音和濃重睏意的哼聲：「唔……」

艾斯特默默後退半步。

「吵死了！」

下一秒，露出得意笑容的格瑞斯，臉結結實實的被一隻玩具兔子擊中。

格瑞斯：「……」

艾斯特輕嘆了口氣。

沒錯，雖然女孩平時沒有什麼起床氣，但如果比較疲累……還是偶爾會發生像這樣的狀況，所以格瑞斯屬於搶著撞到槍口上。

早晨向來是最忙碌的時候，一直到坐上公車，莫忘才後知後覺的發出了一聲：「啊！」

「？」身旁的少年歪頭看她，眼神中滿是疑惑。

「不……沒什麼。」

她昨天完全忘記問了——格瑞斯在學校到底弄了份怎樣的工作？無論怎樣……希望別是專任老師，否則真是完完全全誤人子弟！

「奇奇怪怪的……」石詠哲輕嘖了聲。

「喵～」白貓從少年的書包中鑽出頭來，表示贊成。

「……為什麼你會在這裡！」

「喵喵喵～」

雖然牠沒有說話，但無論是少年還是少女，都輕而易舉的從那略蕩漾的叫聲中聽出了含意——艾斯特大人在哪裡我就在哪裡。

「……」

——一隻貓這樣花痴真的沒問題嗎？

最終，莫忘同情的看了自家竹馬一眼，「你節哀！」

「……喂！」少年瞪了小青梅一眼，心中卻暗自舒了口氣：能夠像這樣幸災樂禍，應該是……沒事了吧？只是，昨天到底是……

想到此，他不由得抿緊脣角。

直到昨天，那對無良的父母才告訴他女孩之前的身體狀況。原來，她居然一直面臨著死亡的威脅，而他卻毫不知情——不僅沒有起到半點安慰的作用，還可能在不知不覺間用言語傷害了她。

如果情況沒有像現在這樣奇蹟般的發生了好轉，他真的會在某一天突然失去她嗎？或者看著她躺倒在病床上，再如同凋謝的鮮花般，一點點的被死神剝奪去生命。

那種事情……

無法想像！

也根本無法去想……

而他們告訴他說：「別怪小忘不告訴你，她的性格……你明白的。」

是啊，他真的是明白的。

是因為不能忍受他用同情或者憐憫的目光看著她吧？也不能接受他用對待易碎品的態度與她相處，更不能忍心讓他和她一樣……承受著「生命倒數計時」的折磨。

明明她看起來軟綿綿又迷迷糊糊，但其實內心深處比誰都要倔強，也比誰都要驕傲。

但是，怎麼會怪她呢？明明錯的人是他才對。

少年的心就那樣一點點的被愧疚蠶食了，不停的想著：為什麼我一點都沒有察覺到呢？明明是離她最近的那個人……為什麼我就那麼遲鈍呢？如果奇蹟沒有出現，難道真的要等到徹底失去才知道後悔嗎？

——而昨天……

——明明得到了好消息，卻哭得那樣厲害，還說出了那樣的話，恐怕是……

他目光微微閃爍。

——不管怎樣，我以後會一直待在她身邊。

——開心也好，難過也好，微笑也好，流淚也好……都絕對不會再放她一個人！

依舊稚嫩的少年未必明白自己發下的這個誓言足以持續一生，也沒有來得及思考自己稚嫩的肩頭是否能承受得起這話語的重量，他只清楚的察覺到……

「又發什麼呆？該下車了！」莫忘奇怪的看著自家發呆的小竹馬。

石詠哲愣住，「啊？」

莫忘忍俊不禁，「噗！你那張呆臉是怎麼回事？」

「囉嗦，走了。」

少年臭著臉一把推開女孩的笑臉，站起身率先走下了公車。

他希望這笑容能一直持續下去。

「小忘！」

「哲哥！」

隨後，兩人一如既往的遇到了各自的小夥伴，然而——

「莫姐！」

「莫大姐！」

「莫大姐頭！」

石詠哲：「……」

莫忘：「……」

少年少女對視了一眼，紛紛露出尷尬的神色。

沒錯，回家後在經歷了小夥伴們的簡訊轟炸後，石詠哲已經清楚的知道昨天到底發生了什麼事，而自己又在其中擔任了怎樣的角色——被惡龍強行擄走的公主什麼的……太不科學了啊！

莫忘則淚流滿面的心想：大家還沒有忘記昨天的事情嗎？明明都過去一天了……一天了！而且那種一聽就很有「黑社會大姐風範」的稱呼是怎麼回事？完全不想要好嗎！

「小忘。」

「小忘。」

「圖圖……小樓……」QAQ總算還有兩個稱呼正常的。

「其實我也覺得莫大姐這個稱呼比較好聽啊！」蘇圖圖搓了搓下巴，壞兮兮的笑，「和孫二娘很相配啊！啊，對了，孫二娘是誰來著？」

林樓推了推眼鏡，十分淡定的說道：「母老虎。」

蘇圖圖拍掌：「啊！沒錯！」

「……妳們夠了！」莫忘再次哭了，損友誤人！損友誤人啊！再這樣搞下去，「我不想去上課了……」

「噗！別這樣啦～」蘇圖圖一手搭上莫忘的肩頭，「我們只是和妳開玩笑的。」

「……」她不是因為這個才想請假啦！

林樓雖然看似很呆，但倒是非常明白莫忘的想法，說道：「不用擔心，大家早就不在意妳了。」

「哈？」雖然說法略詭異了點，但不妨礙莫忘喜上眉梢再加略想八卦，「什麼情況？」

「對了，小忘妳昨天都沒來上課，肯定不清楚。」蘇圖圖連連點頭，「我和妳說啊！」

「嗯嗯！」

眾所周知，女生們聚在一起時最愛做的事情有三樣：逛街吃飯加八卦。而其中占據比例最大的是最後一樣，原因大概是——做前兩者時也可以順帶做它嘛！

這幾人年紀雖小，但並不妨礙她們開展八卦事業。不過片刻，莫忘已經從蘇圖圖口中得到了所謂的「大消息」。

簡單來說，就是學校來了個超級帥氣的超級大帥哥——此乃蘇圖圖原話。據她的說法，連用兩個「超級」和「帥」是為了增加感染力和可信度，雖然莫忘是完全沒感覺到。

「真說帥氣的話，艾……我是說，艾老師不是也不錯嗎？」

「不能因為是妳的表哥就幫他說話啊！」蘇圖圖鄙視的看了莫忘一眼，「問題是艾老師長著張死人臉，還愛折磨人。」

「……」莫忘無語。

蘇圖圖繼續說道：「被他折騰得死去活來後，誰還會喜歡他啊！」

「抖M。」林樓一臉鎮定的說出了略破下限的話。

「小樓！」蘇圖圖抽了抽眼角，「總之呢，艾老師是冰之花，只可遠觀……走近就會被凍死！」

「……」這種說法也略誇張了，雖然……她最初見到艾斯特的時候也是這麼覺得，但怎麼說呢？相處久了之後，才發現那傢伙完全只是個頂著面癱皮的話癆，性格其實也非常的溫柔體貼。

當然，這話就算說出來恐怕也沒幾個人會相信。

「雖然僅看長相，艾老師和那位帥哥是各有千秋，但比起性格……哼哼哼哼！」蘇圖圖雙手環胸，「差太多了！」

「怎麼個差法？」

蘇圖圖：「對每個人都面帶微笑。」

林樓：「耐心的回答每個人的問題。」

蘇圖圖：「彬彬有禮。」
林樓：「很紳士。」
莫忘：「……妳們夠了！」怎麼越聽下去，心頭就越是浮起不祥的預感？
「看，在那邊！」
莫忘隨著蘇圖圖手指的方向看去，而後就發現不少女生正做著和她們完全一樣的舉動；不少男生也轉頭看去，只是目光……咳，都帶點悲哀！
學生們視線的中心，是一位俊美青年。
毫無疑問，莫忘對其非常熟悉，而那傢伙在他人眼中與正常人無異的黑髮黑眸，於女孩眼中卻顯現出漂亮的紫色。青年長及腰部的髮絲在腦後高高束起，頭上戴著一頂橙色的帽子，身穿與帽子同色的制服，手持……長掃帚。
莫忘默默的嘔出一口血。
所、所以說，格瑞斯所謂的工作就是校園清潔工嗎？她知道工作不分貴賤，也非常贊同這句話，但是！問題是——
明明是清潔工卻怎麼看都像個夜店男公關……這樣真的沒問題嗎？！
與格瑞斯視線相對的前一秒，莫忘果斷的轉過了頭，她可不想和這傢伙在大庭廣眾之下做什麼交流，丟不起那個人啊喂！她現在總算明白艾斯特那天的欲言又止是因為什麼了……扶額，要是她也說不出口啊！

就在此時，莫忘看到了不遠處那位傳說中的「冰之花」，因為心中的疑問實在快要爆掉了，她終於沒忍住，又看離上課還有些時間，於是與兩位小夥伴打了個招呼後，一路小跑到了對方的身邊。

「艾斯特。」

「陛……」青年閉上口，仔細的觀察了下四周，才吐出了下半個字：「下？」

「格瑞斯所謂的職業就是那個嗎？」

艾斯特的嘴角微抽了下，點了點頭，「……是的。」

「……他是怎麼混進學校的？」就算是清潔工，學校也不會選擇這種一看就非常可疑的傢伙吧！難道……

「他和你一樣使用了魔法？」

「不，並非如此。」說到這裡，艾斯特似乎覺得難以啟齒，但終究還是說道：「這所學校管理後勤的是位女性。」

「……」莫忘做了個「打住」的姿勢，「我明白了。」

不過，那傢伙真的會老老實實掃地嗎？總覺得超、級、不、可、信啊！

就在莫忘覺得疑惑的時刻，只見格瑞斯居然拿著掃帚一下下在地上掃了起來。

看了片刻後，她終於忍不住扶額嘆道：「那傢伙完全就是個大少爺吧？」

艾斯特輕咳了聲：「他家這一代只有他一個男孩子，所以……寵愛得稍微厲害了一點。」

「……所以連掃地都不會嗎？」知道的是他在掃地，不知道的還以為在練太極呢！東扒拉一下、西扒拉一下，不僅沒去掉灰，還把地面弄得更糟糕了。

「話說回來，艾斯特，你的家境和他差不多吧？」莫忘清楚的記得，雖然現在的青年能把一切工作都處理得井井有條，但最初來的時候也是完全不會洗衣和做飯，再加上他們話中透露的訊息……艾斯特似乎也是大少爺出身呢。

艾斯特思考了片刻，才謹慎的回答道：「雖然細節上有差別，但大體上應該處於同一條水平線上。」

「果然是這樣嗎？……但總感覺你們差太多了。」

「那大概是因為家庭教育的差別以及……」艾斯特頓了頓後，才說道：「家中並非只有我一個孩子。」

莫忘瞬間湧起了好奇心，「哎？你還有兄弟姐妹？」不過，兄弟就算了，姐妹的話……

腦補一下女性頂著艾斯特版本的面癱臉，她差點就要笑出來了好嗎！

「有一位弟弟。」

「是嗎？」不知為何鬆了口氣呢～

莫忘正準備再說些什麼，卻突然被格瑞斯那邊的新動向吸引了目光。轉頭的瞬間，她沒有注意到艾斯特那向來無表情的臉上，居然露出了某種類似於鬆了口氣的神色，而其中……似乎還包含著深重的愧疚。

看出「新來的清潔工其實不會掃地」的，不只莫忘一人，而其中幾個較為膽大的女生居然走上前去搭話。隨即，莫忘就看到她們在與格瑞斯交談了片刻後，竟然接過了他手中的掃帚，幫忙掃起地來。

莫忘：「……」

艾斯特：「……」

就在此時，紫髮青年似乎終於注意到這邊二人的注視，只見他微挑起眉，衝艾斯特露出個「一切盡在掌握中」的得瑟笑容，又對莫忘微微躬身……彷彿在邀功，引得莫忘情不自禁發出了這樣的感慨：「好渣！」

艾斯特詭異的沉默了片刻後，說道：「……陛下。」

「什麼？」

「格瑞斯他其實……」

「叮鈴鈴——」

上課預備鈴聲恰在此時響了起來，也打斷了艾斯特尚未出口的話語。

「啊，我要去教室了！」不想遲到的莫忘對身旁的艾斯特擺了擺手，「走了。」說完，轉身就跑。

「請您小心。」

「知道啦！」

★◎★◎★◎★◎

片刻後，莫忘進到了教室。

事實證明，蘇圖圖和林樓說得沒錯，大家似乎完全忘記了昨天有關於她的八卦，轉而討論起那位「新來的大帥哥」。

其實真不能說學生們花痴，只能說校園生活實在是太過平靜也太過無聊了，每一天都重複著同樣的事情，所以有時候一丁點小事就能掀起偌大的波瀾。

某種意義上來說，這群少年少女們真的非常容易滿足，一件微不足道的事情都可能讓他們快活一天甚至更久的時間。

比如——

每天偷看崇拜的「男神」。

時間到了！

莫忘小心翼翼的朝窗外看去，因為今天是坐在教室內而非罰站，所以壓力並不是非常大，再說……班上又不止她一個女生這麼做。

可是……意外卻發生了！

穆子瑜在經過窗口時，居然轉過頭，準確的對上了她的視線。

莫忘：「……」

她扭頭左右看了一眼，最後不可置信的回過頭，穆學長真的是在看她？救命！

這個時候她悲劇的發現，昨天那件事帶來的心理陰影似乎還沒有散去，只要一看到穆學長英俊的臉，她就會想起……咳咳咳咳，那啥啥啥……

——無、無法再直視穆學長了。

——人生真的好絕望。

眼看著女孩「羞窘」的拿起書一把遮住臉，穆子瑜加深了嘴角的笑容，視線隨之與女孩身旁的少年對上，區區幾秒間，兩人似乎用目光交流了什麼「不得了」的內容。

最終，前者微笑著離開，而後者……則成功的黑了臉。

「那個混蛋小白臉！」石詠哲咬牙低聲說道。

「什麼？」莫忘後知後覺的發現自己這位竹馬同桌似乎心情不太好。

「沒什麼！」

「……沒什麼就沒什麼，你對我凶什麼啊？」莫忘覺得這傢伙最近越來越陰晴不定了，是到了更年期嗎？

「哼！」

「……」

前桌的蘇圖圖對林樓使了個眼色，賊兮兮的笑了，隨即拿起便條紙，又拿起了一枝兔子圖案的藍色原子筆，開始玩起了學生摯愛的遊戲——傳紙條。

【A似乎又生氣了呢。】

林樓接過便條紙，拿起貓咪圖案的粉色原子筆寫道——

【因為C對B笑了，然後B害羞了。】

推回去。

蘇圖圖接過便條紙，看過後摸著下巴思考了片刻，回應道——

【莫非B和C有戲？可憐的A……】

【我覺得可能性很低。】

【哎？為什麼？】

【C的眼神，很冷。】

【……】

「有嗎？」蘇圖圖下意識問向林樓。會嗎？起碼在她看來那位穆學長笑得很溫柔很和藹啊，怎麼看都一副「老好人」的模樣。

有著微捲長髮的眼鏡女生微微點頭。她絕對沒有看錯，那位穆學長的臉雖然在笑著，但目光卻讓人覺得非常不舒服。

「是嗎？」蘇圖圖摸了摸下巴，「那我還是繼續支持小A吧！」

林樓笑了起來，她拿過便條紙，仔細的寫出了這樣的話語——

【＋1。】

兩人相視一笑，隨即果斷毀屍滅跡。

由此可見，所謂的「暗戀」，有時候真的只是「一個人的事情」。嗯，只有那「一個人」覺得自己是在「暗戀」，其實其他人……都心知肚明！

也許是昨天實在太過倒楣的緣故，今天的一切似乎都很順遂。

莫忘一路平安的上完了上午的課，吃完了午飯，又上完了下午的課，但到最後，她發現自己真是太天真了，因為——

「妳那麼急著收拾書包做什麼？」

聽到竹馬的話語，小青梅有些呆愣，「回家啊。」不然還能做什麼？

「……之前不是和妳說過嗎？」石詠哲很無奈的瞪了呆兮兮的女孩一眼，「今天我們班要和二班打籃球賽。」

「咦？有這回事嗎？」她完全不記得了！

「……」

莫忘很努力的思考思考思考……終於露出恍然大悟的神色。

——對了，幾天前早上坐公車的時候，石詠哲似乎對我說過這樣的話，不過當時有些睏，含含糊糊的答應後就不小心……

「咳，我、我其實是和你開玩笑的，我當然記得！」莫忘覺得不管怎樣都要做個「言而有信」的人。

少年直接給了女孩一個鄙視的眼神，隨即站起身，從書包裡拿出隨身攜帶的運動服。

「阿哲，走了！」

籃球隊的同仁們在後面喊道，順帶將一個籃球丟了過來。

莫忘回過頭，發現他們都和石詠哲一樣隨身攜帶了運動服，還有個人更省事，直接把運動服穿在了襯衫和西裝褲裡面，現在一脫就成。

石詠哲用單手接住籃球，不知怎麼的手腕一轉，那顆球便在他的食指上快速旋轉了起來，「來了！」說完，他直接翻過桌子跑了過去，動作間手指上的球居然完全沒有受影響。

這時，口哨聲傳來。

「哲哥你真是越來越酷了！」

「崇拜你。」

「怎麼弄的？教教我唄。」

「不是沾了膠水啊？」

「哈哈哈哈……」

注視著男生們離開的背影，蘇圖圖默默吐槽：「青春期的男生果然都是笨蛋呢！」

莫忘深以為然。

「所以，我們也開始吧！」

「哈？」聽著好友的奸笑聲，莫忘的心頭湧起了些許不好的預感。

「嘿嘿嘿嘿……」蘇圖圖突然跳到椅子上，振臂高呼，「小的們，隨我去領裝備！」

教室裡瞬間一片起鬨的聲音——

「切！」

「噓！」

「誰是妳『小的們』！」

「……」被徹底嫌棄了的蘇圖圖淚流滿面，「別這樣過河拆橋啊！」

莫忘：「？？？」

林樓：「啊，小忘妳昨天不在，所以不知道。」

「啊？什麼？」莫忘表示自己真的是一頭霧水啊霧水！

「為了幫男生們加油，圖圖從家裡帶來了專門的啦啦隊服，班上女生一人一套。」

沒錯，蘇圖圖家裡是開製衣廠的，這種事情對她來說輕而易舉。

「……」喂喂，這種事情事先好歹和她商量一下吧？

「放心吧！」蘇圖圖一手搭上莫忘的肩頭，笑出了兩顆小虎牙，「雖然妳沒來，但我記得妳的尺寸，衣服一定很合身哦。」

「……」

什麼叫做不合群？

就是大家都做的事情你不做！

莫忘會變成一個不合群的人嗎？

絕對不會！

於是，她妥協了。

全班女生一起殺入公用更衣室什麼的……不得不說真是太壯觀了！

但話又說回來，一個人做丟人的事會有壓力，但如果一群人一起做，瞬間就覺得一點關係也沒有……

所以，莫忘雖然在剛穿上啦啦隊服時覺察到強烈的羞恥感，但一看身邊的妹子們都和自己一樣的打扮，也就默默淡定了——這絕對不是精神勝利法！

不得不說，蘇圖圖選擇的衣服是相當可愛的。

薄毛絨製成的白色上衣加紅色的裙子，少女們本身的青春氣息讓她們從不需要太複雜的裝扮。

但問題是……

上半身的衣物居然是肚兜樣式，以一小串白色的珠鍊繞在脖上，露出了雙肩和小半截背部，而下半身的裙襬則綴著一圈白色的蕾絲邊。

也許是因為擔心只穿這樣會感冒，服裝設計者又非常貼心的為每件服裝加上了一件毛茸茸的紅底鑲白邊短披肩，長度恰好能遮住背後裸露出的肌膚，而胸前的蝴蝶結正中心還掛著一顆金色的鈴鐺，走起路來叮噹作響。再加上那毛線織成的白色袖套和襪套，整個人看起來毛茸茸、暖和和的，倒是沒有感冒的危險了，只是……

莫忘總覺得有哪裡不太對勁，她猶豫著問：「我說……」

「什麼？」

「穿成這樣真的沒問題嗎？」不管怎麼說都有點誇張了吧？

蘇圖圖表情嚴肅的摸了摸下巴，「有問題！」

「是吧？」

「如果能戴貓耳就好了。」

「……喂！」莫忘囧臉：妳把學校當成什麼地方了啊？

「可惜被老師否決了。」蘇圖圖一臉可惜的嘆氣搖頭。

「……」不被否決才怪吧？穿成這樣已經夠讓人覺得誇張了！

「小忘，妳不是學校的直升生吧？」此時，林樓突然如此問道。

「啊？」莫忘愣了下，隨即點頭，「嗯，是啊。」

她現在就讀的這所學校有著附屬的小學和國中，班上不少同學都是這樣一路直升上來的，而莫忘從前就讀的學校其實也是一樣，可惜她因為某種原因叛變來了這裡。

「怪不得。」林樓點頭。

「什麼？」

莫忘尚未等到林樓的回答，蘇圖圖已經湊了過來，一把拉起她就走出更衣室，「妳看！」

「等……啊……」莫忘驚訝的看到，隔壁二班的女生也都換上了啦啦隊服，還人手兩個彩球，「這個是……」

經過兩位小夥伴的解釋，莫忘才明白，被她所忽視的籃球賽在這所校園中算得上是相當重要的賽事，而向來以開明著稱的校長也就默許了女生們的「加油」行為，只要別做得太出格，幾乎都是睜一隻眼、閉一隻眼。

「這個不算什麼，每年的春季運動會才棒呢！」天生愛熱鬧的蘇圖圖很激動的說：「每個班級的師生全員都必須喬裝打扮參加開幕式的遊行，聽說去年有一個班導師是用捲筒衛生紙裹滿全身，然後讓班上同學抬著自己入場的！」

「……」喂喂，像這樣真的沒問題嗎？但是……

莫忘突然覺得，雖然聽起來有些亂七八糟，但能夠進入這所學校就讀，也許真的是件超級幸運的事情呢！

★◎★◎★◎★◎

聚集在一起的女生們去到操場上時，男生們早已換好了比賽服，三五成群的做著熱身運動。當然，這也非常正常——衣物複雜程度一般和所需時間成正比。

賽場的周圍擺著幾張桌子，其上放著毛巾、水和其他所需物品。

蘇圖圖對莫忘說：「小忘。」

「嗯？」

「石詠哲那傢伙就交給妳啦。」

莫忘呆住，「……哈？」

蘇圖圖拍了拍她的肩頭，「畢竟班上妳和他最熟悉嘛。」

「我、我知道了。」

蘇圖圖扭過頭衝林樓賊笑了下，又遞了一塊毛巾給莫忘，「給妳！」

「哦。」

莫忘點了點頭，轉過身朝石詠哲所在的方向走去。他此刻似乎已經做完了熱身，正單手扠腰背對著她，邊喝著水邊看他人熱身。

「石詠哲。」

「什麼？」少年聞聲轉過頭來。

而後——

「啪！」

他手中的水瓶就這麼掉在了地上。

「呀！」大概是因為之前已經有了一次經驗的緣故，莫忘反應很快的朝一旁跳去，在發現自己沒被水濺到後，她鬆了口氣，隨即瞪向石詠哲，「你做什麼啊？」

對方卻沒有回答，只是看著她發呆。

「……石詠哲？」

「……」

莫忘下意識看了看自己，果然這身打扮很奇怪嗎？他心裡八成在笑她！好丟人……與其待在這裡等他嘲笑，她還是……

「我走了！」莫忘就這樣鬱悶的鼓了鼓臉，轉身想要離開。

「等……啊！」想要抓住自己小青梅的少年，大概是因為精神過於「恍惚」，居然一腳踩到了自己失手掉落在地的礦泉水瓶子上，而後整個人就直接狼狽的摔倒在地。

石詠哲：「……」讓他去死吧！

他的心中其實比女孩更糾結啊！

雄性天生具有求偶本能，尤其是青春期的少年，多想在心愛女孩的面前炫耀啊！可是，那傢伙居然忘記了他要打籃球的事情，如果換成那個小白臉對她說這件事……

嘖，越想越鬱悶了！

而後，石詠哲從小夥伴們口中聽說了一件事，那就是……班上的女生會換專門的「啦啦隊服」來助威。

他看了眼隔壁二班女生穿的啦啦隊服，稍微腦補了那麼一下，嗯，個子嬌小的女孩穿著粉色或者絨黃色的啦啦隊服，手拿兩個彩球在他身後來回蹦跳喊道「加油！加油！」，跳起時那可愛的小馬尾甩來甩去，想著想著，心頭就不小心開起了一朵朵小花，然後……熱身就不小心熱過了頭，出了一身汗……

喝水喝水，休息休息。

結果她居然在他毫無防備的情況下出現，還穿得那麼……遠遠超出預料！

以為自己已經做好了充足的心理準備的石詠哲，胸口就這麼慘烈的被幾千隻刻著「好萌」、「好可愛」字樣的箭射穿了，所以差點「喪命當場」的他無論做出怎樣的舉動，其實都是完全可以理解的。

但前提是——

不要在她面前丟人啊！

而看到出現了這樣的意外，莫忘哪裡還顧得上心頭的失落，連忙蹲下身扶起石詠哲，緊張的問道：「喂，你沒事吧？有沒有哪裡受傷？」

石詠哲：「……」笨蛋，不要把臉湊得這麼近啊……

少年近距離注視著女孩微微顫動的睫毛、紅撲撲的的臉頰以及說話間不斷開合的粉脣，只感覺自己的臉孔又熱了幾分，他不自在的扭過頭說：「沒、沒事。」

「……怎麼可能沒事？你臉都痛到這麼紅了！」女孩表示自己有些時候真心不明白男生的愛面子心理。

「……」她還能更蠢點嗎？再這樣下去他也許會忍不……

雖然心中有些依依不捨，但為了擺脫這種窘境，石詠哲不得不快速的站起身來，後退一步與莫忘保持了些許距離，「笨、笨蛋，我都說了沒事！」

「真的？」莫忘懷疑的盯著他看。

「真的！」石詠哲僵硬的轉換話題：「還說我，妳自己是從哪裡弄來這麼一身奇怪的衣服的？」

不得不說，他這句話還真是戳中了女孩的死穴，女孩彆彆扭扭的扯了扯裙襬，問：「很奇怪嗎？」

石詠哲默默的手拉著T恤衣領替自己降了降溫，「還、還好。」

「真的？」她再次懷疑的看他。

「……囉嗦！」

莫忘不滿的瞪了他一眼，「你凶什麼？我回去了！」說完，她再次轉身就走。

就在此時，剛才動作間有些鬆動的披肩帶子驀然散落，莫忘連忙低下頭仔細的整理起來，不經意就露出了背部上方白皙的肌膚，和那精緻漂亮的蝴蝶骨。

小竹馬：「……」鼻子突然好熱，怎麼回事？

莫忘無意中回頭瞥了他一眼，而後驚呼出聲：「石詠哲，你怎麼流鼻血了？」

石詠哲呆住，「……啊？」

「別『啊』了！快捏住鼻子啊！」

「……」

於是又是一陣手忙腳亂。

與此同時，不遠處的小夥伴二人組早已偷笑了起來，其中的蘇圖圖更是笑得差點打滾。

「哈哈哈哈哈！哈哈哈哈哈哈！小樓，我以前怎麼沒發現石詠哲那傢伙那麼蠢？蠢萌蠢萌的！」

「他只在小忘面前犯蠢。」林樓還是那麼犀利。

「說的也是。」

然而，注視到剛才那一幕的又何止是她們兩人。

作為當事者的二人，對這一切卻是一無所知，一個忙著止血，另一個忙著幫對方止血。可惜的是，後者越湊近，前者的鼻血反而流得越洶湧，到最後，少年唯有淚流滿面的搶過女孩手中的毛巾，衝進了洗手間自己搞定。

莫忘：「……」沒、沒事吧？他真的還能參加比賽嗎？

第二章

笨蛋勇者哪有那麼聰明

雖然莫忘都做好了再扛某人去醫務室的準備，但好在結果沒有這麼糟糕——比賽開始之前，石詠哲這個老愛出各種意外的傢伙總算趕了回來。

莫忘默默的鬆了口氣。

唯一讓她覺得有些無語的是，為什麼這場比賽的裁判是格瑞斯啊？他連當清潔工都不合格，做這個真的沒問題嗎？而且那傢伙也不知在哪裡換上了一套帥氣無比的運動服，腦袋上還戴著一頂繡著英文字母「G」的運動帽，整個人就跟一顆閃閃發光的燈泡似的，格外吸引學生們的目光。

但不久之後，她就沒餘力想這個了。

場內的比賽快速點燃了圍觀者的激情，如莫忘的一些女生其實不太懂球賽的規則，但看到同班男生進球就歡呼總是沒錯的。相較於二班的彩球，班上另一位女生所提供的玩具手鈴真是強爆了，雖然每人只有一個，但當同時搖晃起來時，那叫一個壯觀，再夾雜上少女們清脆的喊叫，可謂聲勢浩大。

「加油！」

「加油啊！」

「搶了他的球！！！」

在這樣此起彼伏的喊叫聲中，莫忘很快忘記了矜持，也聲嘶力竭的加入了其中。

片刻後，嗓子就有些hold不住了，輕咳了兩聲的莫忘正準備去拿水，某個粉色的保溫瓶卻先一步遞到了她的面前。

「請用。」

「艾……老師，你怎麼也在這裡？」莫忘接過水杯，扭開一看，裡面果然泡了一些不知道名字的玩意，不過她還是很放心的喝了起來，因為艾斯特不可能會害她。

「我是本場比賽的裁判。」

「啊，對哦，你是體育老師。」莫忘點了點頭，隨即愣住，「那你怎麼站在這裡？」

艾斯特看向場上，很是淡定的回答道：「格瑞斯似乎對這份工作很感興趣。」

「……所以就搶走了你的工作嗎？」而且與其說格瑞斯對「工作」有興趣，倒不如說他對「搶奪艾斯特的工作」有興趣吧？

青年與少女對視了一眼，因為這一刻的心意相通，而同時微嘆了口氣——他們都有一個坑爹的小夥伴。

「陛下。」艾斯特突然小聲喚她。

「什麼？」

「左邊的袖子，稍微……」

「啊？」莫忘低頭看了一眼，發現左邊的白色毛線袖套稍微有些滑落，她連忙往上扯了扯，「這樣就沒問題了。」

「……右邊。」

「啊？」

「低了一些……」

莫忘仔細一看，發現這麼一拉後，右邊的確低了半公分左右，不過正常人是不會在意這個吧？她無語的繼續扯了下，突然恍然大悟道：「艾斯……艾老師，你不會是……」

「？」

「有輕度強迫症吧？」說起來，這傢伙不管是髮絲還是衣服都總是弄得一絲不苟，沒有分毫的凌亂，用班上某些傢伙的話說就是「整個如同用石頭雕刻出來的一樣」，雖然這話略誇張了點，但某種意義上也點明了真相。

艾斯特露出疑惑的眼神，「您的意思是？」

「咦？魔……你那裡沒有這種說法嗎？」

艾斯特點點頭。

「就是說，唔……如果看到一排東西都正正的擺放，而其中偏偏有一個是倒著放，你會不會特別想把它擺正？」

「的確如此。」艾斯特的眼神變得有點震驚，「您的意思是我生病了？」

「並不是……算了，這也不是什麼重要的事。」反正她對這玩意也只是一知半解，在自己也不理解的情況下還是別誤導他人比較好。莫忘笑著擺了擺手，「對了，我穿這身衣服會很奇怪嗎？」

只要是稍微有點自覺的女性，都會對自己的衣著打扮上心，尤其是換上新衣服時，總希望能得到周遭人的評價——剛被小竹馬打擊過的女孩顯然也是如此。

艾斯特左右觀察了下，緊接著俯下身，莫忘也會意的湊了過去，而後就聽到他壓低聲音如此說道——

「不，這身裝扮非常適合陛下。」

「……」怎麼說呢？還真是符合艾斯特風格的說法呢。

「完全襯托出了您的美麗。」

「噗——」雖然知道艾斯特眼中的審美帶著極大的偏見，但莫忘還是很好的被安慰了，她笑道：「謝謝你，艾斯特。」想了想，她補充道：「你果然是個好人。」嗯，對外貌沒有自信時找他最合適了！

被發了好人卡的屬下Ａ：「……」

與此同時，正忙著做裁判的格瑞斯：「……」=皿=

他就知道艾斯特那傢伙卑鄙無比！那麼乾脆的讓出了能出風頭的裁判之位，就是為了趁他不在的時候一個人猛刷陛下的好感度嗎？無恥的傢伙！

——陛下，我格瑞斯才是您最忠誠的奴僕啊啊啊！！！

青年的心中發出了憤怒的狂吼聲。這咆哮著的野獸直接驅使他失去了理智，於是——

「你！技術犯規了！」

「你！違體犯規了！」

「你！被驅逐出場了！」

「犯規犯規犯規！！！」

「出場出場出場！！！」

少年們：「……」裁判，我們都下場了，誰比賽啊？！

少年們：「……」裁判，我想打籃球！QAQ

艾斯特：「……」

莫忘：「……」那傢伙在搞什麼啊啊啊！

而後，就見那抽風的傢伙居然伸出一根手指頭直指她——背後的艾斯特，說：「艾斯特．克羅斯戴爾，來一決勝負吧！！！」

這傢伙已經完全忘記了「守護者之間不得私鬥」的守則，拚命用眼睛發射著類似於「讓陛下看看誰才是最可信最忠誠的奴僕！只有勝者才配獲得她的青睞！」的訊息。

不小心找錯了重點的莫忘：「……」蠢蛋！他完全把艾斯特的本名喊出來了好嗎！

就在她想著該如何挽救這尷尬的場面時，因為這突發意外而沉寂了的女生們爭先恐後的發出了尖叫聲：「來一個！艾老師！來一個！艾老師，來一個——」

莫忘：「……」這是什麼情況？

蘇圖圖尖叫著一把抱住莫忘：「嗷嗷！站在校園頂峰的兩大帥哥對決，好棒！」

「……」兩大帥哥對決是啥啊喂！

艾斯特垂下首，用眼神詢問著決定一切的魔王陛下。

「……」都到了這種情況，如果她說「不行」，八成會被其他女生用眼神射成碎片吧？

莫忘嘆了口氣，扶額，弱弱說了句：「你們加油。」

「是。」

——以生命和靈魂起誓，必然將勝利與榮譽獻予陛下。

得到命令的艾斯特，如同被解開了某條鎖鏈，渾身上下的氣場為之一變。如果莫忘此刻與之對視，必然會驚訝的發現，那平時如同冰封之湖般的漂亮眼眸，此時彷彿燃燒起了靜靜的藍色火焰——看起來並不灼熱，卻足以讓觀者的血液凍結！

在這份凜然的氣勢影響下，原本歡呼著的女生們紛紛停下了話音，似乎只是一瞬間，場面從喧鬧變為了寂靜。

所有人呆呆的注視著自場外緩步走到場中的青年，那其實很輕微的腳步聲恍若被無窮的放大，與其說是一下一下敲打著人們的耳膜，倒不如說更像是直接在人們的心頭響起，充滿了某種不容被忽視的強烈存在感。

原本在場中比賽的少年們紛紛退到了場外，而石詠哲雖然有些不明所以，卻也不得不隨大流退去。而後，他只覺得背後一重，肩頭一濕，無語的側過頭時，一隻白貓果然正趴在他的身上流口水。

「艾斯特大人……」

石詠哲：「……」默默拎起貓脖子，丟出去。

很快，由熱鬧變得冷清的籃球賽場上只餘下二人。

格瑞斯注視著艾斯特，勾起脣角，「來得正好，艾斯特，今天一定要讓你知道我的厲害！」

艾斯特微微頷首，「我知道了。」

格瑞斯很不滿，「……你就不想放兩句狠話嗎？」這種無比酷帥的場面，好歹配合點喂！

艾斯特反問：「狠話？」

「比如讓我哭著回家什麼的！」

「好。」點頭。

「……」

「……」

「艾斯特你這個卑鄙的傢伙給我去死！！！」

說話間，格瑞斯抓著一顆籃球就朝艾斯特的臉上砸去，艾斯特下意識的側臉避過！

而那顆速度快到幾乎讓人看不清的球居然準確的撞到了籃板上，反彈之後「嘩」的一下落入了球網之中。

「哈哈哈哈，這三分我就不客氣先拿下了！」

圍觀者們：「……」第一次看到籃球比賽是這麼打的，麻麻這裡真的是地球嗎？！

接下來，兩位青年就這樣展開了慘無人道的互毆之旅。

莫忘絕望的看著這亂七八糟的比賽，只覺得一臉血，更無言的是，不管是少年還是少女們似乎都覺得挺開心，她還聽見有人討論：「把籃球比賽的規則修改成這樣似乎也不錯啊！」

——別鬧！真變成這樣，附近的醫院就要人滿為患了好嗎？！

突然，她的肩頭被拍了一下。

「喂，這是怎麼回事？」

她回過頭，淚流滿面的看向臭著臉的小竹馬，「我也想知道啊啊啊！」

石詠哲：「……」所以說，蠢蛋魔王必須有蠢蛋手下嗎？哪怕長得再正經也不例外！

「……算了。」石詠哲無力的就近找了張板凳坐下，「正好休息一下。」

見他這麼說，莫忘略帶擔憂地問：「你身體沒事了吧？」之前流了那麼多血，還堅持打籃球，真的沒問題嗎？

不提還好，一提又開始默默腦補的石詠哲頓時漲紅了臉，「我能有什麼事！」

「可是……」

「吵死了。」石詠哲扭過頭。

「……」這算是好心沒好報嗎？莫忘不滿的鼓了鼓臉：壞蛋，再也不要關心你了！

就在此時，一旁的同伴少年們召喚起石．小夥伴．詠哲，於是這傢伙非常沒有義氣的丟下自己的小青梅跑了。

莫忘對此表示相當無語，這傢伙是把她當成洪水猛獸了嗎？！不過正好！她看了眼打得正熱鬧的球賽，然後默默的退場了，目標——洗手間。

咳，一來剛才稍微喝多了點水，二來……哈哈哈，是女生都明白的！

★◎★◎★◎★◎

十來分鐘後，莫忘從距離露天操場最近的體育館中走了出來，邊走邊甩著手上的水珠，比起擦乾，她倒更愛這麼做，雖然似乎是個不良的習慣，但很可惜難以改正，好在此時也不會給他人帶來什麼困擾。

就在這個時候——

「莫學妹。」

「啊？」莫忘下意識回頭，而後一不小心……甩了身後人一臉水珠。

來人：「……」

莫忘驚了，「……對不起對不起對不起對不起！！！」怎麼會是穆學長？啊啊啊啊！她真的不是故意的！

「……」穆子瑜默默的拿出一條潔淨的手帕，擦掉臉上的水珠，「沒關係，說到底是我不該突然叫妳的。」

「學長，真的非常對不起。」

穆子瑜溫和地笑了笑，「那麼，作為道歉，幫我做件事如何？」

「沒問題！」莫忘很是果斷的回答道。

穆子瑜加深了嘴角的笑意，「答應得這麼爽快，不怕我讓妳做壞事嗎？」

「怎麼會？」莫忘瞪大眼眸，「學長你是好人啊！」怎麼可能會讓她做壞事？不可能，不可能，絕對不可能！

被發了好人卡的少年：「……」不知為何，面對這位一看就蠢兮兮的學妹時，他總有一種隱約的無力感，就像一拳頭砸到棉花上，看似打上去了，但其實一點也不會讓人痛快。

莫忘歪頭問：「學長？」怎麼突然發起呆來？

「跟我來吧。」穆子瑜回過神笑了笑，轉過身去帶路。

「嗯，好！」

莫忘就這樣毫無防備的跟在了穆子瑜身後，一路上兩人一問一答，沒過一會兒，後者就幾乎將前者的祖宗八代都問了出來——和他原先所得到的資料並無什麼出入，其實他對此也沒什麼太大興趣，相較而言……

「這麼說起來，妳和石學弟是從小一起長大的？」

「……哈哈，是啊。」雖然挺不想承認，但她和那個最近越來越奇怪的笨蛋的確是青梅竹馬。

緊接著，莫忘聽到穆子瑜發出了一個意味深長的「嗯～」音，有些好奇地反問：「學長，有哪裡不對嗎？」

「不。」穆子瑜笑了笑，「只是，有個從小一起長大的玩伴似乎是件挺不錯的事情，我稍微有些羡慕。」

「……完全不需要羡慕！」莫忘皺了皺鼻子，「那傢伙小時候還好，稍微長大了一點就老愛和我吵架，每次都說我笨，其實他自己才是笨蛋呢！還有，他……」

她未說完的話被穆子瑜的輕笑聲打斷。

注視著女孩疑惑的眼神，穆子瑜笑著說道：「抱歉，只是……如果我沒記錯的話，石學弟似乎是這一屆新生中入校成績最高的呢，沒想到這樣的他在妳眼裡居然是個笨蛋。」

「哎？有這件事嗎？！」莫忘深深的震驚了。

——我家竹馬有這麼厲害嗎？！

「妳不知道？」穆子瑜也有些驚訝。

「是啊！」莫忘淚流滿面。

說起來，石詠哲那傢伙本來是打算直升之前學校的高中部，而她的志願卻是這裡，當時還想著終於可以結束和那傢伙的孽緣了，結果拿到入學通知書後才發現……孽緣依舊在繼續著！所以說那傢伙到底為啥要改志願啊？

不過，自始至終，他從來沒拿過成績單給她看啊！只有她在發現自己考上後，整個人在他面前蹦躂著。

雖然從小到大那傢伙的成績都很不錯，她也習慣被打擊了，但是現在回想起來真的好羞恥——在第一名面前炫耀什麼的……混蛋！他肯定在背後默默嘲笑了她很多次！再也不要搭理那傢伙了！

遠在「天邊」的石詠哲：「啊嚏！」膝蓋突然好痛，什麼情況？

穆子瑜：「……咳，大概是他覺得這種事並不值得一提吧。」

莫忘：「……」所以整天提的她就是蠢蛋嗎？

遠在「天邊」的石詠哲：「啊嚏！啊嚏！」揉鼻子，膝蓋又痛了。

「說起來，妳和石學弟的父母也很熟吧？」

「嗯。」面對學長「似乎很體貼而轉換了話題」，莫忘感動得立刻「上鉤」了，「是啊，石叔張姨和那傢伙完全不同，是非常好的人！」

遠在「天邊」的石詠哲：「啊嚏！啊嚏！啊嚏！」感冒了嗎？膝蓋更痛了，難道是剛才扭傷了？

「哦？都是怎樣的人呢？」

莫忘思考了片刻，「唔……怎麼說呢？很溫和，還很……」大概是從來沒有回答過這種問題，她有些語無倫次的敘述了起來。

彷彿在認真傾聽的少年，臉上自始至終掛著柔和的微笑，心中卻確定了一點——對於那件事，她還真的是什麼都不知道。不過，這也是理所當然的。

閒聊間，兩人走到了體育館倉庫。

穆子瑜頓下腳步，拿出一串鑰匙，打開了緊鎖著的大門。

「是要拿器材嗎？」

「沒錯。」穆子瑜點了點頭，拉開門率先走了進去，「剛才有人來說，賽場上備用的幾個籃球全部破了，不知道那群人是怎麼使用的。」

「……」莫忘默默嘔血，如果不出意外的話，似乎……大約……也許……可能……她要負一點責任。

「唔，是放在哪裡的呢？」穆子瑜托下巴注視著擺滿了各種器材的倉庫，思考了起來。

莫忘看著穆子瑜問道：「不過，學長你還管這種事情嗎？」

「不。」

「哈？」

穆子瑜轉過頭，含笑看向莫忘說：「不管哦。」

「……」那他現在在做啥？！

「只是負責的人有事，我剛好有這裡的鑰匙。而且，比賽的是學妹妳的班級吧？」

「……嗯。」莫忘點了點頭，所以才讓她來幫忙嗎？可以順便帶球回去什麼的。這樣看來，完全不是她幫了學長的忙，而是學長在幫她啊！果然，穆學長是個好人，更崇拜他了有木有！

「對了。」穆子瑜驀然轉過身，俯下身湊近莫忘。

面對著兩人之間突然縮短的距離，莫忘有些不習慣的微微退縮，後背卻在下一刻觸到了冰涼的器材上，被截斷後路的她下意識嚥了口唾沫，結結巴巴的說：「學、學長？」什、什麼情況？她說錯什麼話、做錯什麼事了嗎？

穆子瑜注視著炸起毛、紅著臉、看起來隨時可能像兔子一樣逃跑的女孩，心中覺得有點可笑：該說是單「蠢」還是善忘呢？明明遭遇了那樣的事情，居然還可以這樣生澀又沒防備。開始覺得稍微有點趣的少年，在女孩逃竄的前一刻，溫柔的笑彎了眼眸，「衣服，很可愛哦。」隨即站直了身體，結束了這種看來格外曖昧的姿勢。

「……哎？」莫忘呆住。

直到片刻後，莫忘才緩過神來，「學長，謝謝你，你真是個好人！」在被石詠哲打擊後能得到這樣的安慰真是太好了。畢竟艾斯特是自己人，被他誇獎總覺得沒啥真實感……

再次被發了好人卡的少年：「……」錯覺嗎？微妙的覺得他們所思考的不是同一件事。

算了，這種事情不需要在意。緊接著，他指向角落說：「在那裡。」

「啊，真的！」莫忘也走了過去，注視著被放在角落裡的籃球，「看起來好新。」

「嗯，因為之前舊的足夠使用了。」

「……」她更內疚了好嗎！

「只是……」穆子瑜微皺起眉頭，「居然被放到了那裡。」

體育館倉庫裡頭，各項器材排列得勉強還算井井有條，但大概是因為長期沒有人拿籃球的緣故，它被放在了不少大型器材的後面。簡單來說，只可遠觀……想靠近就略困難了。

即使是穆子瑜，也沒想到會發生這種情況，好在他本身的目的也不在此，於是轉頭看向莫忘說：「我們回去找……」

少年的話音終結在女孩的動作中。

他近乎呆滯的注視著莫忘單手就將至少五十公斤的器材舉了起來，再輕輕鬆鬆的放到了一邊，緊接著雙手齊上，再放下……不過片刻，她便簡簡單單的將原本需要幾人幫忙才可以取出的籃球扒拉了出來，又非常體貼的將之前挪動的器材物歸原地。

做完這一切後，她額頭不見一絲汗，連呼吸都沒有些許急促，完全就像做了喝水之類的普通事情一般。

末了，她還回過頭朝他一笑，目光中隱含著「求表揚」的意味。

「……」穆子瑜終於覺察到，自己似乎一直以來理解錯了什麼事情。這不是軟妹，而是女漢子！

「學長？」

「……學長，你怎麼了？」

穆子瑜是被這樣的聲音從短暫的震驚中喚醒的，對上莫忘疑惑的眼神，他習慣的勾起嘴角，露出了個一如既往的溫和笑容說：「我沒事，只是在稍微思考一些事情。」陸明睿那傢伙給他的資料，絕對有哪裡出了問題！

「哦……」總覺得穆學長是在撒謊——莫忘的心中突然湧起了這樣的想法，但緊接著她微微搖了搖頭。就算真的是這樣，那也是學長個人的事情，既然他不打算說，那麼她也沒有什麼資格去追根究柢，畢竟……他們的關係還沒有熟到那樣的程度。

緊接著，兩人將籃球放到一個便於運送的小推車上，再一起走出倉庫。

「學妹，比賽結束後我會讓人直接去賽場回收籃球和推車。」

「嗯，好。」

穆子瑜笑了笑，與此同時，他抬起手腕看了看時間。

即使是一直被石詠哲評價為「笨蛋」的莫忘也隱約明白了對方的意思，坦白問：「學長，你是還有事嗎？」

「算是吧。」穆子瑜微微頷首，緊接著狀似煩惱的皺眉，「可是球……」

「沒問題，我一個人就可以推去的！」

「真的沒問題嗎？」

一個可以輕易的把推車當沙包丟著玩的女孩，怎麼看都不會有問題吧？

「嗯！」

穆子瑜歪了歪頭，露出一個如聖光普照般的溫柔笑容，「那麼，學妹，下次見。」

被聖光照射到的莫忘直接結巴了：「下、下次見、見……」

直到學長的身影消失在拐角處，莫忘才回過神來，默默感慨：穆學長果然是個好人啊，只有好人笑起來才會那麼溫柔吧？真好，真希望自己也能變成那樣的人啊……

如此想著的她，下意識對著鐵製的倉庫門，模仿著對方笑了起來。

——不，似乎嘴角要略高點。

——啊，這回要稍微低點才可以。

——好像不夠和藹啊。

——這次有點像了。

——再來一個……

直到身後突然傳來一句：「妳在做什麼？」

「啊！」莫忘驚叫著轉過身，不小心一手帶倒了一旁的推車。

「啊！」來人也叫了一聲，因為他差點被翻倒的推車壓倒在下面。

「對不起！」莫忘連忙道歉，「你沒……」怎麼是他啊！她走過去一把將地上的少年抓起來，「你來這裡做什麼？」

「這話應該由我問妳才對吧？」爬起身的石詠哲輕哼了聲，「妳好端端的跑這裡來做什麼？」害他找了半天。

「看這個不就知道了。」她將推車扶正，「聽說賽場裡的籃球都破得差不多了？」

「……」石詠哲扶額。

「好吧，我知道了。」莫忘也扶額。

石詠哲幫著撿起地上的籃球，一個個擺到推車裡後，動作十分自然的握住推車的把手，說：「走了。」

「嗯。」莫忘也習慣性的走到石詠哲的右手邊，與他並肩前行。

「等等……」

「什麼？」

「妳怎麼會有倉庫的鑰匙？」

莫忘十分乾脆的回答：「我沒有啊。」

「……那這些東西是怎麼拿到的？」他突然有種不好的預感。

「可是穆學長有啊。」

石詠哲猛地頓住腳步，扭頭看向身旁的女孩，「妳剛才一直和那個小白臉在一起？」

「……」莫忘被他突然加大的聲音嚇得一顫，緊接著不滿的吼了回去：「你叫那麼大聲做什麼？而且對學長用那種稱呼……也稍微有點不禮貌吧？」

「妳管我！」居然為了那種混蛋數落他！

「……你有病嗎？」突然發什麼無名火啊？

「妳有藥嗎？」

「……」

「……」

四目相對。

女孩「噗」的一聲笑了出來，「有，你吃嗎？」

少年扭頭，「……哼！」

「再說，你有資格說我嗎？」吵著吵著，莫忘突然想起之前聽說的事情，心中瞬間冒起了一簇小火苗，「入學考試的第一名！」

「……」石詠哲呆住，「妳……」

他根本不是有意隱瞞的好嗎？只是看她努力了那麼久最終得償所願，有打擊嫌疑的話就怎麼也……說不出口啊！而且比起「他們還在同一所學校就讀」，那本身也不是什麼重要的事情，久而久之也就忘記了。她到底是……穆子瑜，一定是那個混蛋！

怔愣間，女孩已經從他手中一把奪過小推車，輕哼了一聲就走。

石詠哲：「……喂。」

莫忘繼續走。

「莫忘！」

莫忘接著走。

「真的生氣了？」

莫忘還是走。

石詠哲嘆了口氣，說道：「……好吧、好吧，我知道了，明天中午我請客，讓妳隨便吃可以嗎？」

這一次，他終於成功的讓女孩回過頭來。

「真的？」

「嗯。」只要她不生氣，怎樣都好。

莫忘剎那間露出了一個滿是狡黠意味的笑容，「那就這麼說定了！」

「……妳其實壓根沒生氣吧？」石詠哲終於後知後覺的發現了些什麼，不是他智商不夠高，而是某些時候智商完全用不著。

莫忘嘿嘿一笑，「誰知道呢。」

「喂！」

★◎★◎★◎★◎

兩人回到露天籃球場時，那場坑爹的比賽還在繼續著。直到推車上只剩下最後一顆籃球，兩位青年才終於分出了勝負。

莫忘默默的注視著格瑞斯淚奔而去的背影，喃喃低語：「真的沒問題嗎？」

石詠哲：「……大概？」

白貓不知何時又蹲在了他的肩頭上，「不愧是艾斯特大人，真是太帥氣了！」

「……」抓住，丟掉！

雖然艾斯特和格瑞斯的賽事很激烈，但其實並未耽誤太久的時間，之前被迫中斷的籃球賽再次繼續，而裁判也換成了班上的某位男生。

至於艾斯特？

如果不是他天生自帶「生人勿近」的光環，恐怕不少人都要走過來求簽名了好嗎？

然而，不過片刻，原本注視著艾斯特的人們，在被他一一還以注視後，都默默關注起了場上的比賽——冷面惡魔什麼的真是太可怕了！眼神都能讓人凍住好嗎！

當然，也有人是例外。比如——

「喵！喵喵喵喵喵！喵喵喵喵！」白貓抱住艾斯特的小腿，被拖著走。

——艾斯特大人，我好崇拜你嗷嗷！為什麼我的主人不是你？

「喵！喵喵！喵喵喵喵！喵喵喵喵喵喵！」

——啊！似乎快沒電了，等我充完電再回來，艾斯特大人一定要等我！

再比如——

「給你！」莫忘笑著遞過了一瓶水，在艾斯特說出感謝的言辭前，打斷了他的話語：「不管有什麼事，都先喝完水再說！」

「……是。」

話雖如此，艾斯特在接過水後，居然默默的後退了幾步，才扭開了瓶蓋。

莫忘有點不明所以，注視著喝水的艾斯特一小會，下意識的前進一步，緊接著又看到艾斯特再次後退。

莫忘：「……」錯覺嗎？

她再次前進，而他再次後退。

「……」她是什麼洪水猛獸嗎？

「陛下……」艾斯特擰上瓶蓋，小聲說道：「恕我失禮，請暫時不要靠近屬下。」

「哈？為什麼？」

艾斯特的眼神中浮現出些許尷尬的色彩，「剛才的戰鬥有些激烈，我的身上……總而言之，在清理乾淨前，請與我這汙濁的身體保持距離。」

「……」他的意思是……自己流汗了吧？話說只是流汗而已，至於搞得這麼複雜嗎？

莫忘無奈的嘆了口氣，轉過身從桌上拿起一條毛巾說：「在學校沒辦法洗澡，暫時用這個擦一下吧。」

「是。」

接過毛巾的艾斯特愣了下，突然再次開口，小聲說：「陛下。」

「什麼？」

艾斯特攤平右手，又將潔淨的白色毛巾鋪到手心上，「能將您的手放在上面嗎？」

「呃……嗯。」莫忘點了點頭，同樣將右手放了上去，心中卻在暗自疑惑：他這是要？

緊接著，莫忘看到艾斯特隔著毛巾緩緩握緊了她的手，輕微卻鄭重的話音自他口中緩緩流出：「此時此刻，雖然無法直接行禮，但請允許我——」他俯下身，隔著薄薄的毛巾謙卑的吻上她的手背，「將勝利與榮譽一起獻予您。」

「……」莫忘下意識的朝左右看了一眼，好在沒有人注意到他們，但她還是急切的低聲說：「你在做什麼啊？」

「陛下，請說——我接受。」

為了結束這種尷尬的場景，莫忘連忙說：「我、我接受。」而後從艾斯特鬆開的掌心中，將自己的手抽了回去，「你剛才是在做什麼啊？」

「那是魔界的習俗。」

「哈？」

艾斯特解釋：「如果僕人在戰鬥中獲得勝利，一定要在第一時間將那份榮耀獻給所服侍的主人。」

「……還真是奇怪的習俗。」莫忘突然好奇了起來，「可是你沒在第一時間那麼做吧？」明明先喝了水！

「請您恕罪！」

眼看著對方似乎要當場跪下來，莫忘傷了神，手忙腳亂的阻止了他：「我只是隨便問問而已，你不用那麼緊張！」緊接著她突然想起，「啊！那似乎是我下的命令吧？」不管有什麼事都先喝完水再說，所以……

「這完全是我的錯啊！」這傢伙……能別把所有責任都壓在自己身上嗎？

艾斯特搖頭，「不，陛下您絕不可能犯錯。」

「如果大家都覺得我錯了呢？」

艾斯特肯定的回答：「那一定是所有人在犯錯。」

莫忘很是無語：「……如果世界都覺得我錯了呢？」

艾斯特斬釘截鐵的回答：「那一定是世界在犯錯。」

「……你夠了。」這種中二到了極點的想法真的沒問題嗎？！

直到此時此刻，莫忘終於有了一點作為「反派BOSS」的感覺，該覺得可喜可賀嗎？不，她只想淚流滿面好嗎！

又過了不久，少年們的籃球比賽結束了。

★◎★◎★◎★◎

獲勝的是莫忘的班級，雖然少年少女們都歡欣鼓舞，但是因為時間已經不早了，大家還是放棄了「一起慶祝」的想法，各回各家各找各媽，反正這只是初賽而已，之後還有好幾場比賽呢，到時候再慶祝也不遲——如果真的有「到時候」的話。

今日的少女，依舊與少年一路吵吵鬧鬧的散步回家。卻萬萬沒有想到，走到住宅樓下時，會見到那個人。

「……爸爸？」

「小忘……」

靜站在花壇邊的中年男人，身上有些風塵僕僕的味道，他原本是背對著兩人的，但即便如此，莫忘依舊在看到的第一刻就認出了對方。

「……爸爸！」

沒有什麼特別的理由，只是很自然的反應。

如果非要說有，那大概因為他是她的親人——在同一個屋簷下相處了十來年的親人。

他們的家庭，也曾經像少年的家一樣溫暖，每一天、每一天都滿是陽光和笑容。

「小忘……」聽到女孩的聲音，男人的身形顫了下，快速的回轉過身。

如果有人仔細觀察，就會發現他和莫忘其實長得很像，「男像母，女像父」這句俗語不僅在石家使用，在莫家也同樣如此。只是莫忘的髮絲不像他這樣微捲，反而遺傳了母親的黑長直髮，而臉孔輪廓與五官搭配也要更顯柔和。

幾乎是同一秒，石詠哲下意識的攔在了莫忘的身前，將她牢牢的護在身後。

第三章

魔王哪有這麼嬌弱

三個人同時愣住。

年歲最長的莫霖最先反應了過來，他笑著對石詠哲點了點頭，「……阿哲也回來了啊。」

「……嗯。」石詠哲這才發現自己做了什麼，他略尷尬的錯過了對方的視線，「莫叔叔。」

但是就算這樣，他也依舊沒有從莫忘的身前走開，大概是因為他內心深處始終覺得——眼前的這個男人，會傷害到她。

一隻手突然握住了他的手臂。石詠哲側過頭，發現莫忘正看著他，目光中沒有任何一絲類似責怪或是憤怒的意味，反而滿是在他看來很少見的平和笑意，似乎還夾雜著些許感動。

兩人默默對視了片刻。

她微笑著扯了扯他的手臂，又搖了搖頭。明白了女孩心意的少年猶豫的退了一步，重又站在了她的身邊。

「爸爸，怎麼站在樓下，忘記帶鑰匙了嗎？」

莫霖呆愣的注視著小跑到自己面前的女孩，她的笑容是那樣自然，完全看不到一絲一毫的陰霾，好像他不是長期離家而歸，真的只是下班回家忘記帶鑰匙一般。

這孩子……真的比從前懂事多了。

身為父親，應該覺得開心吧？但他卻覺得格外的心酸。

因為促成這孩子成長的，就是原本最該保護她那份天真的他自己。

「爸爸？」莫忘歪了歪頭，疑惑的注視著怔住的父親。

「啊嗯、是啊，小忘妳帶鑰匙了嗎？」莫霖努力擠出笑臉，伸出手摸了摸莫忘的頭。

「當然！」莫忘按住頭頂的大手，仰起臉，露出一個看起來非常燦爛的笑容，「我們回家吧。」

「嗯，我們……回家。」

走上樓後，石詠哲驚訝的發現，自家老爸居然也站在門口——今天是怎麼了？這些人一個兩個的跑到外面站著。

石宇澤——石叔沒看自己的蠢兒子，只是衝莫霖晃了晃手中的背包，「老莫，你的背包丟我家了。」

「……」石詠哲對自己的老爸相當無語，明明才三、四十歲的年紀，稱呼別人都是一口一個「老XX」，也讓別人這麼稱呼自己，說再老一點就是「XX老」，聽起來特別霸氣。

「心裡亂腹誹什麼呢。」石叔一巴掌拍自己兒子腦袋上，直接把他拎著回家。

「……」他家老爸是會讀心術嗎？

石叔回答：「不會，是你表情太蠢了。」

「……」他絕對不是他親生的兒子！

「我也這麼覺得。」

「……老爸你夠了！」

石叔嘿的笑了聲，坐到沙發上重新拿起了報紙。片刻後，他抬起頭看向從回來起就一直注視著門的自家蠢兒子，說：「怎麼？擔心了？」

「誰、誰擔心了！」雖然她的一切語言動作彷彿在拚命傳播著「我沒事，真的沒關係」的訊息，但是，真的……沒問題嗎？

「你再擔心也沒用，那是他們父女之間的事。」

聽著自家老爸涼颼颼的語氣，石詠哲怒了，想也不想的回頭吼道：「想要的時候就待她跟寶貝似的，不想要了就直接丟掉，有這樣做父母的嗎？而且事到如今，他又跑回來做什麼？」到底還想把她傷害到什麼地步才肯罷休呢？！

像那天那樣哭泣的她，他完全不想再看到啊……

面對兒子的憤怒，石叔依舊保持著淡定說：「你怎麼知道他不想要小忘？」

「我就是知道！」

石叔搖頭，「真是胡攪蠻纏。」

石詠哲氣結：「我……」

「不過——」石叔一把合上手上的報紙，「作為父親，他的確很失職。」

「所以說……」

「所以你想怎樣？」穩坐在沙發上的石叔端起茶几上的茶，喝了一口，繼續說道：「踹開門去直接搶人？」

「……」

「還是拿把刀去殺人？」

石詠哲滿頭黑線，「……你是在和我開玩笑嗎？」

「被看出來了嗎？」石叔呵呵一笑，「其實你自己也明白的吧？哪怕你去搶人，小忘也不會乖乖的跟你走，殺人什麼的……你有選擇做與不做的權利，但提前說好，你若被關進去，我是不會去送飯的。」

「……」石詠哲無奈了，還說別人，有他這樣做父親的嗎？！

石叔接著說：「或者我給你出個主意。」

石詠哲好奇的問：「什麼？」

「趁著夜黑風高，從背後套老莫一麻袋，然後把他揍一頓。」

「……喂！」

石叔似乎對這個主意很滿意，頗為自得的一笑，說道：「只要你不出聲，他也不知道打人的是你。放心吧，如果有警察來問，我會幫你作偽證的。」

石詠哲終於忍無可忍的反問：「你自己怎麼不去揍？」

但出乎他意料的是，自家老爸居然這樣回答：「我揍了啊。」

「哈？」老爸玩真的？看他表情沒有一絲一毫撒謊的樣子……但問題是，「你什麼時候揍的？」

「剛才。」石叔又喝了口茶，慢悠悠的說道：「我丟垃圾的時候，看到人站門口，就請他來家裡坐坐，順帶揍了他一頓。」

「……你不怕小忘知道嗎？」

「我又沒揍臉。」石叔淡定的說。

「……」

「而且被人揍這種事，正常的男人都不會向妻子兒女哭訴，沒問題的。」

石詠哲驚呆了，「……」好、無、恥！不過他喜歡！

少年開始認真思考起「套麻袋」的可行性……

哪怕看似吵吵鬧鬧，這對父子相處間的氛圍無疑是融洽的；而在隔壁的莫家，則又是另一番景象了。

★◎★◎★◎★◎

再次回到家中，莫霖的第一個反應就是——陌生，這種感覺比以往任何一次回來都要強烈。如果說之前還能察覺到這間屋子中隱約存留著他們一家生活過的痕跡，那麼現在再看，實在難以尋覓得到。

似乎完全沒有注意到這一點的莫忘，走到桌邊拿起被艾斯特洗得閃閃發亮的杯子，「爸爸，要喝水嗎？」

「嗯，好。」

莫忘一邊倒水，一邊心中暗自鬆了口氣，還好「淚奔而去」的格瑞斯沒有回來，否則她真不知道該如何向爸爸解釋家裡突然多了個男人。

至於其他的……

莫忘能感覺到艾斯特一直在自己的附近，她相信他一定能妥善處理好那些事情。

等她端著水走到父親身邊時，意外的看到，他居然在沙發上擺出了一小堆的禮物。

「這個是……」

「都是爸爸媽媽買給妳的，喜歡嗎？」

「……」莫忘看向正對她和藹笑著的父親，她能覺察到，他的眼神中有著難以忽視的討好意味——這不是爸爸的笑容，爸爸的笑容才不是這樣的……但是，這個人又的的確確是她的爸爸，曾經……不，即使現在，也是她最喜歡最喜歡的爸爸。

為什麼要做出這樣的表情呢？像以前那樣不行嗎？

還是說……他已經忘記了該如何對她笑？

莫忘內心突然湧起一股衝動，她想要將那些東西全部摔到地上，告訴他——我一點都不喜歡！

但同時，她又覺察到，那是一種相當殘忍的做法。

一旦真的那麼做了，也許會發生什麼難以言喻的可怕後果。

而現在的她，不知道自己是否真的能承擔起那後果。也直到這一刻，她近乎驚訝的發現，原來在內心深處，她其實真的在怨恨父母……這是無論如何都無法否認的事實。

但是，即便如此——

愛比恨多。

花費了十幾年功夫堆積成參天大樹的喜愛，比剛剛萌出細芽的怨恨，要多得多、多得多、多得多……這也是無論如何都無法否認的事實。

而且說到底，眼前的這個人特意為了她趕回來。他原本可以不這麼做。

所以，爸爸還是在意她的……是這樣沒錯吧？

或者說，她希望是這樣。

所以，莫忘默默的拿起一隻小巧的熊娃娃，非常非常非常乖巧的露出了一個欣喜的笑容，說：「嗯，我很喜歡！」

於不遠處靜靜觀察著女孩的艾斯特，心念微動間，自懷中拿出了水晶球，注視著其中明顯減少了的魔力值，微微合攏手心，目光中滿是擔憂的神色，「陛下……」強顏歡笑的撒謊這種事……一點都不適合她。

而他身旁的格瑞斯則輕嗤出聲：「哼，真是虛偽的人類。」

「……虛偽？」

格瑞斯表情非常不愉快的說道：「看到孩子陪自己作戲，就那麼開心嗎？」

「……」

「就和逼迫別人哭著回家一樣可惡！」格瑞斯補充說。

「……」誰都沒逼他好嗎？

客廳中，聽到女兒那麼說後，莫霖臉上也的的確確露出了鬆一口氣的表情，「那真是太好了。」明明知道那也許不是真話，卻彷彿得到了什麼寬恕般……

父母總是教育孩子「不要撒謊」，而很多時候，往往又是他們親自教會了孩子如何撒謊；孩子明明知道「撒謊是不對的」，但很多時候，卻渴望用謊言去獲取來自於父母的愛。究竟誰才比較過分呢？

「對了，明天就是週末了，爸爸帶妳去遊樂場玩好不好？」

「遊樂場？」

「沒錯，就是妳之前一直想去的那個！咱們白天去遊樂場，晚上去看電影。回來的時候我看到了，似乎有妳你最喜歡看的動畫新片上映。對了……」也許是因為女兒並沒有拒絕自己的禮物，莫霖的話語漸漸流暢而自然了起來，「把隔壁阿哲也帶上怎樣？」

「……」莫忘欲言又止。

「怎麼……妳不想去？」

「不。」莫忘搖了搖頭，「我是太開心了……」

「好，那就這麼決定了。」莫霖說著站起身，「晚飯想吃什麼？」

「晚飯嗎？」莫忘思考了片刻後，回答說：「吃麵可以嗎？」

「當然沒問題，去隔壁街妳最愛的那家牛肉麵吃吧。」莫霖說話之際朝門的方向走去，幾步後停下身形，有些疑惑的看向還站在原地的女兒，「小忘？」

「爸爸……」

「什麼？」

「王伯伯幾個月前就已經回老家了。」

所謂的「王伯伯」正是那家麵店的老闆，因為從前經常去光顧的緣故，莫家和對方很熟。

「……這樣啊。」莫霖愣了下，臉孔上明顯浮現出尷尬的神色。

實際上，在說出那句話的瞬間，莫忘就已經後悔了。

明明不需要說得那麼明白，卻又抑制不住將其說出口的衝動，內心也不停的翻湧著這樣的思緒——

如果一直留在她身邊，怎麼可能不知道這種事？就算暫時離開，他們也是家人吧？

既然這樣，為什麼要展現出這樣一副急於補償的姿態？就好像他真的做過什麼對不起她的事情一樣。

如果真的是這樣……

——是不是代表著，爸爸，你真的曾經想過要丟棄我？

不僅如此，像現在這樣用言語傷害對方時，她除了愧疚外，居然還覺察到了某種異樣又不正常的快感。

雖然不明顯，但它真的存在著，就好像世界上存在著另一個「莫忘」，用冰冷的笑容嘲諷著眼前的男人——難過嗎？痛苦嗎？那是你應該承受的，因為你也把它給予了我！

她這到底是……怎麼了……

——不行！

——這樣是不對的！

莫忘敏銳的覺察到，不能再讓這情緒繼續蔓延下去，否則，不僅是父親，或許連她自身也會發生某些完全不想看到的變化。

幸好，一切還來得及。

「那……小忘妳想吃什麼麵？」莫霖又問。

莫忘很果斷的回答：「我想吃爸爸煮的！」

「我煮的？」莫霖稍微吃了一驚，緊接著他看到了女兒的笑容，那是在過去的日子曾經無數次看到的笑容，彷彿把一切信任都交託到了他的手中，沒有一絲一毫的懷疑與憤懣。

「嗯！爸爸煮的麵條最好吃了。」

莫霖在這個剎那，心頭湧起了一股強烈的酸澀感，就好像吃了還未成熟就從枝頭摘下的青檸檬，酸苦得讓他的喉嚨都有些作啞：「好……」而後卻再也難以說出一個字。

莫忘注視著父親走入廚房的背影，她不自覺的鬆了口氣，抬起手注視著不知何時被掐出紫痕的手心。下一秒，她的視線被父親左右翻找的身形吸引了，愣了片刻後才恍然大悟——自從艾斯特來後，家中很多東西都換了擺放的位置……而她似乎直到此刻才發現到這一點。

但是，直接問她東西的位置就可以，爸爸卻寧願選擇自己去翻找也不願意與她對話，是因為覺得吃力嗎？可是她又有什麼資格去責備他呢？明明她也是這樣覺得的。

他們明明是父女，為什麼會走到現在這個地步呢？

莫忘在這個剎那間，心頭同樣湧起了一股強烈的酸澀感。

也許這真的就是所謂的父女天性。

但同時，她也強烈的意識到了一點——哪怕再小心翼翼，已經破碎的東西似乎真的再難修補了。

不，也許還是可以修復的，只是那需要太多的時間，也需要大量的精力。而且就算如此，像是摔碎後重新黏貼好的花瓶，細細看去，總能發現微小的裂痕。

從來沒有一刻比現在更清晰的知道——爸爸變了，而她也是一樣。

一種濃重的悲哀將莫忘籠罩其中，這種感覺是她在以往的生活中從未覺察到的。不，籠罩著她的並非只有悲哀，還有一種好像哪怕費盡全力也無法改變現實的無力感。

悲哀與無力，它們如同雙生花般，枝葉纏繞著將女孩緊緊束縛，以至於一時之間她甚至呼吸困難，視線也漸漸模糊。

——真的好討厭……

「陛下……」於不遠處觀看的艾斯特，不知何時已緊緊揪住胸前的衣襟。

——又來了，那種明明沒有在哭，卻比哭泣更讓人覺得心疼的表情。

「光喊有什麼用？」格瑞斯輕哼了一聲，「要麼狠，要麼忍，難道還有第三條路嗎？」

「……那是陛下的親生父親。」如果傷害或是殺死那個男人可以達到目的，艾斯特知道自己不會有絲毫的猶豫，但問題的關鍵就在於——他很清楚，陛下的心到底有多麼的高潔，即使傷心到了這個地步，也絕不會想看到自己的親人受到一分一毫的傷害。

「……嘖！」而格瑞斯也非常明白這一點，可即便如此，他依舊覺得非常不愉快，「難道只能這樣看著嗎？」

艾斯特搖頭，「不，哪怕是此時此刻，我依舊覺得……」

「什麼？」

艾斯特的語氣中滿是肯定的味道：「如果是陛下的話，一定沒有問題。」

「……你這話還真是不負責任。」

「……」

紫髮青年轉過頭，眼神隱忍的看向屋中沉默的女孩，「但是，其實我也是這麼認為的。」

「格瑞斯……」

格瑞斯微微一笑，說道：「再怎麼說我也是守護者，怎麼可能不相信自己的主人。艾斯特，不要太小看我了。」

「……」

此時的莫忘，心中依舊充斥著厭惡的情緒。

只是她所討厭的並不是爸爸，而是這樣的自己！

即便到了這個地步，依舊自怨自艾、除了哭泣什麼都做不到的自己。

明明很早以前就知道了，哭泣解決不了任何問題。

明明不久之前才決定了，要好好的、快樂的活下去。

不改變，是不行的。

雖然馬上改變也是不可能的，但至少……

莫忘突然伸出手，猛地擦了擦臉，而後對著廚房中的父親喊了出來：「爸爸，我也來幫忙吧！」

「小忘？」莫霖驚訝的回過頭。

莫忘笑著重複了自己的話語：「我也來幫忙吧，最近我有很努力練習切菜！」

「……」

至少像這樣踏出第一步。

也總要有人先踏出這一步才可以，否則瓶子可能真的會永遠那樣碎下去。

這並不是妥協。

莫忘其實一直很清楚，正是因為爸爸媽媽膽小了、害怕了、怯懦了，一切才變成了今天這番模樣。

但她和他們不一樣。

她很勇敢。

也許她永遠也變不成能讓父母覺得驕傲的樣子，但至少她可以為自己驕傲。

她也不可能永遠為了達到父母的期望而活著，她必須學會為了自己而活。

★◎★◎★◎★◎

第二天，莫霖真的帶莫忘和石詠哲去了遊樂場以及電影院。

三人玩得很開心，至少表面上看起來的確如此。有時莫霖甚至有一種錯覺，之前的一切其實從未發生過，而他和他的女兒也從來沒有生分過。反觀石詠哲，他雖然存在著疑惑，卻又隱約察覺到了莫忘心中的想法，所以他也非常配合。

莫霖在家中一共住了五天。第六天，他再次離開。

因為他是下午的車，所以莫忘請假去送他。當石詠哲下午從學校趕回家後，匆匆忙忙走到房間的陽臺時，發現莫忘正坐在隔壁的陽臺上曬夕陽。

她雙臂趴在欄杆上，懶洋洋的注視著那被夕陽染成大片大片橘紅的天空，落日的餘暉灑落在她臉孔和隨風飛舞的髮絲上。聽到聲響後，她就那麼隨意的一轉頭，隨即朝他露出了一個滿是陽光色彩的笑容。

這情景讓石詠哲成功的紅了臉。

他連忙輕咳了一聲轉過頭去，猶豫片刻後，才遲疑的問道：「他……莫叔叔……走了？」

「嗯，走了。」莫忘回答得很乾脆。

「那……」

「暫時不會回來，寒假也不會，因為媽媽的預產期大概是那個時候。」

「……預產期？」石詠哲愣住，這種事情他還是第一次聽說。

「啊，對了，你不知道。」莫忘笑著解釋：「我馬上就要有一個小弟弟或者小妹妹了，或者是兩個？還不快恭喜我～」

「……」她是在開玩笑嗎？這種事情有什麼值得恭喜的啊！

「妳……」

「果然騙不過你啊。」莫忘趴直身體，單手托腮看向石詠哲，「其實，我很傷心的。」

「但是，就算這樣，也沒有辦法改變事實，對吧？」

石詠哲緩緩握緊搭在欄杆上的手，一時之間不知道該說些什麼才好。或者是因為他知道，此時此刻無論說些什麼都是沒用的，那些蒼白無力的話語是不可能安慰到女孩的。

所以他選擇了行動。

所以莫忘驚訝的看到，靜站在原地的少年突然快速穿行過陽臺間的通道，走到自己面前，而後伸出手……緊緊的將自己抱住！

「……」

石詠哲直到此刻才真真切切的感覺到，女孩的身軀是那樣柔軟，彷彿稍一用力就能把她整個人揉進自己的身體中，還是那樣的……纖細又輕盈。不，不僅如此，此刻他每一次呼吸都能嗅到她源自身上的淡淡清香，大概是因為女孩曬了太久夕陽的緣故，這香氣中多少夾雜著幾分涼薄日光的味道。

「咚！」

「咚咚！」

「咚咚咚！」

少年的心一不小心就再次失了序。

明明本意是想安慰她的，現在卻居然將最初的目的忘得一乾二淨，只覺得口乾又舌燥，腦袋中更是一片空白。唯一能想到的是——更加緊密的抱住懷中的人。

永遠都不撒手才最好不過。

或者，就讓時間靜止下去吧。

「石詠哲？」

「你想憋死我嗎？」

「喂！」

莫忘一聲聲的呼喚叫回了石詠哲的些許理智，他下意識鬆了鬆手臂的力度，思緒卻依舊恍惚而懵懂。他張了張唇，又合上了唇，似乎想要說些什麼又不知該說些什麼，但緊接著，悲劇的現實就替他做出了抉擇——

「啊！」

為啥會發出這樣的慘叫聲呢？

因為莫忘一拳頭捶他肚子上了。

「唔！」

為啥又會發出這樣的痛呼聲呢？

因為莫忘直接提著他的腰帶把他摔在了地上。

「……」在這種疼痛的刺激下，石詠哲終於徹底的清醒了過來。正常情況下他是應該害羞的，因為之前一不小心就做了這樣那樣的事情嘛。但是！面對著朝他腦袋砸來的重拳……他做不到呀！

石詠哲一個翻身躲過了小青梅的攻擊，那叫一個淚流滿面，「妳做什麼啊？」只是抱一下而已，用不著有這麼強的反應吧？明明小時候一起吃飯一起洗澡一起睡覺的！

「哎？」莫忘愣住，彷彿發現了什麼不可思議的事情般，片刻後才小心翼翼的問：「你是石詠哲？」

「……不然還能是誰？」

「……什麼啊，我還以為那傢伙又出來了。」

石詠哲：「……」

在從與「勇者之魂」真正融合後，他當然知道所謂的「那傢伙」指的是誰，問題就在於，再怎樣這都是他的身體啊！像這樣凶殘的對待真的沒問題嗎？

「都、都是你的錯啦！」知道自己揍錯了人，莫忘略尷尬的縮回手，輕咳出聲，「誰讓你突然做出那種奇怪的舉動，我我我我我弄錯了也很正常啊！」

石詠哲吐血：「……都是我的錯嗎？」

莫忘理直氣壯的回答：「是啊！」

「……」石詠哲無語凝噎——再也不要做好人了！

「好了，我向你道歉啦。」莫忘鼓了鼓臉。不管怎麼樣，打人的確是不對的，而且如果沒有猜錯的話，這傢伙的本意是……她彎下腰，朝少年伸出手，「我錯了，原諒我好不好？」晃晃爪子。

大概是因為「心中有愧」的緣故，石詠哲也覺得自己沒啥立場生氣，稍微彆扭了下，就握住了莫忘的手，被她輕輕鬆鬆的拉了起來——話說她的力氣也太大了吧？不管多少次都無法習慣啊！

站直身體的石詠哲想拍去身後的灰塵，卻在下一刻感覺自己被整個推到背靠在欄杆上，他被這突如其來的動作嚇了一跳，「喂，小心點……」話音在女孩的擁抱中戛然而止。

——什、什、什、什、什麼情況？！

他可憐的小心肝就這樣再次面臨了一路狂奔直到報廢的危險。

女孩的聲音從胸口處傳來：「嗯！不愧是傳說中的『小太陽』，石詠哲，你身上好暖和。」

——真的好暖，怪不得這傢伙冬天只要穿少少的衣服啊……

少年紅著臉開口反駁：「囉囉囉囉囉囉囉囉囉嗦！」

「……你怎麼突然結巴了？」

「我我我我我我我才沒結巴！」

「……」明明就是結巴了。但是……莫忘很誠懇的說：「石詠哲，謝謝你。」

如果說少年之前感覺自己像是被不斷升溫的水所煮著的青蛙，那麼此刻那水終於沸騰。當溫度到達頂點時，一切反而進入了某個相對平定的狀態——臉依舊爆紅，心臟依舊狂跳，卻又能夠正常的說話了。

「有什麼好謝的。」明明他……什麼都沒有做到。

「現在我已經不像剛才那麼難過了，這一定是你的功勞。」

「……」石詠哲動了動脣，最終卻實在不知道說些什麼才好，只是抬起手，笨拙的拍了拍莫忘的背。

「從今以後，爸爸媽媽最愛的人就不再只有我了。」

少年的手頓住，最終落下環住女孩的腰，此時此刻他只能想到用這樣的方法來安慰她。

「我知道的，我明明都知道的，但是……但是，石詠哲，有那麼一刻，我突然覺得，如果弟弟或者妹妹不存在就好了，突然消失就好了……我是不是很惡毒？」

「我不這麼覺得！」

「哎？」

女孩從少年懷中抬起頭，明亮的眼眸映照著橘色的夕陽，隱約閃爍著些許晶瑩。

石詠哲低頭注視著莫忘，一字一頓的認真說：「妳很好。」比這世界上的任何人、任何事物都要好，好得多，好到用言語無法清晰描述的地步。

向來成績優異的他，平生第一次為自己的語言表述能力犯了愁。

也許是因為十幾年來培養出的默契，莫忘在這個瞬間理解了竹馬話語中的含意，然後眼淚一不小心就流了出來，與此同時，她又是那樣燦爛的笑了。

明明背靠著欄杆無法欣賞夕陽，石詠哲卻覺得一點都不可惜——因為太陽就在他眼前。再也不會有比這更美麗的太陽了。

莫忘喃喃低語：「石詠哲……」

「嗯？」

「你真是個好人。」

「……」即使是這種時候，石詠哲也忍不住滿頭黑線——喂喂，這種時候發好人卡真的沒問題嗎？

「石詠哲……」

「什麼？」可千萬別再發好人卡了。

「真的不能做我的哥哥嗎？」

「……絕對不行！」親人卡什麼的也禁止！

「小氣……」

「這不是小氣的問題，而是……」說到這裡，他困擾的抓了抓頭髮，「哎！」該怎麼說才好呢？

「我已經決定了。」好在女孩也沒期望能從彆扭的竹馬口中得到什麼明確的答案，她只是湊過去，在少年的胸前來回蹭了蹭，目的是——擦乾臉上的眼淚。

而她也完全沒發覺，因為她的動作，少年的頭上差點冒出了肉眼可見的蒸汽。

「不會再因為爸爸媽媽的事情而哭了。」因為即便哭泣，現實也不會發生任何改變。

「我會勇敢的去面對他們。」和不敢面對她的他們不一樣。

即便沒有正式和父母談過，但莫忘所覺察到的卻與真相相差無幾——莫家父母最初也許的確是因為莫忘的病而離開，後來卻變得無法直面日漸衰弱的女兒，因為每看一次都是對心靈的折磨。再到後來無意中懷孕，身為父母，他們即將獲得一個孩子，更無法殺死另一個已然存在的孩子；但同時，他們又覺得這個即將出生的孩子其實是對女兒的背叛，便越加無法面對……

「然後，等下次見到他們和……弟弟妹妹的時候，我要和他們好好的談一談……把我身體已經恢復健康的事情告訴他們。」

石詠哲愣住，「妳沒有說嗎？」

「……嗯。」莫忘推開石詠哲，伸出手抹去臉上殘餘的淚痕，「總覺得一旦說了，會發生什麼不太妙的事情。如果爸爸媽媽因為這個而……選擇不要孩子，我簡直成了凶手。」她很明白，父母對自己的愧疚簡直到達了某個極限，所以她推測的事情是真的有可能發生的。

「就算這樣也不是妳的責任。」

「我知道……我知道……明明心裡其實希望過弟弟妹妹不存在的，但是……」莫忘低下頭沉默了片刻，再次抬起頭時，她認真的注視著少年的眼眸，說：「那樣太卑鄙了，我做不到。」

也許那樣做的確可以回復到以往的生活，但是，已經發生的變化是無論如何都不會消失的。到那時，她每一天在鏡子中看到自己，或許都會覺得面目可憎；而對她滿是內疚的父母，或許總有一天會認為她是……殺害他們另一個孩子的罪人。

如果是那樣……即便三人生活在一起，也不過是日復一日的對彼此進行折磨。

莫忘不知道自己的選擇是否正確，但她很清楚，那可能會發生的未來絕不是自己所期望的結果。

「最重要的是，我明白了一件事。」

「……一件事？」

「嗯！」莫忘點了點頭，語調輕快的說：「我是莫忘！」

「？」

「比起第一個字，第二個字才是最重要的！」

石詠哲有些不理解她到底想說些什麼。

「所以——」莫忘皺了皺鼻子，伸出右手食指戳了戳石詠哲的心口，「從現在起，不許再叫我『莫忘』，要像小時候那樣叫我『小忘』！」

「……」

「當然，我也會很大方的叫你『阿哲』。」

女孩一邊說著，一邊伸出雙手抓住少年的手舉起來，握緊。

他都可以去做，都會去做。

「就這麼說定了哦！」

「……嗯。」雖然還是有些不明白她話中的含意，但是如果能讓她覺得開心，無論什麼

突然響起的電話聲打斷了兩人的談話，莫忘匆匆的向小竹馬打了個招呼便跑回了屋中。

「叮鈴鈴——」

依舊靠在陽臺欄杆上的少年靜靜注視著女孩的背影，背後的天空中懸掛著大片大片的火燒雲，橘色的霞光灑落到他白色的襯衫上，遠遠看去，如同為其籠上了一層淡淡的光暈。

如果女孩此刻在這兒，八成要笑呼出聲：「石詠哲，你發光了！」

可惜，她不在。

石詠哲又站了一會兒，才抬起腳朝自己的家走去。

他的表情看來很平靜，內心卻絕不是如此。

因為他發覺了一件讓自己極其恐慌的事情——女孩在他所不知道的時刻突然長大了，也離他……更遠了。

明明下定決心想要保護她的……結果，卻還是什麼都沒能做到。

只能無力的看著她發生蛻變。也許在其他人看來「成熟」是件好事，但他所在意的卻是，這變化過程中到底需要經歷怎樣的困擾、怎樣的掙扎、怎樣的疼痛……

他不知道。

原本一直是並肩而行的。現在，她前進了一步，他就落在了後面。

哪怕想追，也不知道究竟該選擇怎樣的方式。難道只能像這樣注視著她的背影，離自己越來越遠……最終徹底消失在他的視線中嗎？

這種事情……

從出生到現在的十來年中，他從來沒有想過，也根本無法想像。

因為他們從過去到現在都是一直一直在一起，那麼，未來呢？

少年心中情不自禁的浮起濃重的惶恐，那是一種對所謂「明天」無法把握的不安定感，以及……害怕失去的懼怕感。

它們交織纏繞在一起，將他的心密密籠罩，再難脫逃。

★◎★◎★◎★◎

不知不覺間，石詠哲走到了自家客廳中。

不工作時總是宅在沙發上看報紙的石叔頭也不抬的問道：「怎麼樣？」

「……啊？」剛好走到自家老爸背後的石詠哲呆呆的轉過頭，有些不明所以。

「上二壘了沒？」

「……」怔愣片刻後，石詠哲的臉孔爆紅了起來，「說、說什麼呢！」這臭老頭，思想到底是有多猥瑣啊！

「看來是沒有。」石叔扭頭看了兒子一眼，又低下頭淡定的把手中的報紙翻了一頁，「真是沒用。」

「喂！誰沒用啊？」

「從小就是一壘，結果到了今天都無法突破二壘，哪裡有用了？」

「……」在這對老是不顧場合秀恩愛的夫妻教導下，石詠哲非常清楚所謂的「一壘二壘三壘」就是指「牽手親吻啪啪啪」，而所謂的「全壘打」……咳咳咳，就是該幹的不該幹的都幹了的意思。

石叔當然是全壘打高手，在這位人生贏家的眼中，作為他兒子的石詠哲真是弱爆了！超級弱爆！弱爆到了極點！

石詠哲忍不住就喊：「你心裡都在想些什麼啊！」

「惱羞成怒了嗎？」石叔用淡定的話語開著嘲諷模式，「多好的機會，又沒把握住。」

「……我才沒有那麼卑鄙！」石詠哲略心虛的嚷道。

「是壓根抓不住機會吧。」

「……你有資格說我嗎？！」石詠哲徹底炸毛了，「你自己不也是因為沒人要才被媽媽勉強回收的！」

接受了這樣的言語打擊，石叔卻只是八風不動的發出了這樣一聲笑：「呵呵。」

「……那充滿諷刺意味的笑聲是怎麼回事啊？」

石叔淡定道：「笑你太傻太天真。」

「……」

見兒子快怒到翻桌的地步了，石叔終於捨得放下手中的報紙，端起桌上的茶杯喝了口茶，開口說：「拜託你長點腦子，我這麼帥，怎麼可能沒人追。」

石詠哲吐血：老爸，你還敢更無恥點嗎？

不過，石宇澤也的確沒撒謊，雖然帥氣的兒子長得更像媽媽，但身為爸爸的他長得也的確不錯啊，兩父子一起出門怎麼樣也算秒殺級別的。

所以要說他年輕時沒人要……還真不可信。

石詠哲就疑惑了：「那老媽為什麼總那麼說？」

「她每次那樣說的時候不是很開心嗎？」

「……」騙子！大人都是可恥的騙子！石詠哲剛準備怒吼出聲，突然見老媽從一旁的房間中走了出來，被刺激得有點上火的他眼珠轉了轉，一個壞心眼就冒了出來，「這麼說，老爸，你一直在欺騙老媽嗎？」

張姨果然停下腳步。

「是啊。」石叔回答得很乾脆。

張姨：「……」老公……

石詠哲：「……」喂喂，老爸，你好歹委婉點啊，我不是真的想造成家庭危機好嗎？！

「現在的我明白了，不是你媽媽撿到了沒人要的我……」石叔說著說著，語氣感慨的搖了搖頭，「而是我一直無意識的潔身自好，只為等待著她的到來。」

張姨：「……」老公！！！

看著老媽捂臉跑進臥室的石詠哲：「……」吐血！作弊！混蛋老爸肯定作弊了！

石叔默默轉頭看兒子，順帶微笑著舉起手中的茶杯——影子什麼的全部倒映在了上面。

呵呵呵呵，傻兒子想和他鬥真是太嫩了。

「你真是夠了……」石詠哲無力的扶額，好在他已經習慣被自家老爸打擊成渣了。

「不過——」就在此時，石叔再次開口：「的確是你媽媽先追我的沒錯。」

石詠哲呆住，「啊？」

「但是……」

石詠哲無語：「……」他就知道有「但是」。

「在那之前，我花費了不少時間研究你媽媽每日的作息時間和行走路線。」

「……」

「抓緊機會在她面前刷存在感。」

「……」

「再給了她一個值得一輩子回憶的完美相遇。」

「……」

「你是變態嗎？」石詠哲終於忍不住出聲吐槽。

「總而言之——」石叔完全無視了某個 LOSER 的發言，「戀愛這種東西，先愛上的注定要付出更多努力。但是，光做不說也是沒用的，有時候也許還會起到反作用，比如收到好人卡、親人卡什麼的。」

「……」石詠哲的膝蓋默默中了一箭。

「不過，長相也很重要。」

「哈？」

石叔自信的摸了摸下巴，「你媽媽對我是一見鍾情，然後就主動問我要電話號碼。」說完，他又悲痛的搖頭，「我和你媽都那麼優秀，你怎麼就……」

「你夠了！」被嫌棄的傻兒子差點暴走，他就那麼差嗎？那麼差嗎？啊？！

「不過話又說回來，小忘第一次見你還是嬰兒時期，沒有審美觀很正常，而且你那時候是真醜，皺巴巴的，跟隻猴子似的。」

「打住！」石詠哲捧住碎了一地的玻璃心，覺得不能再和自家老爸繼續這個話題了，再這樣下去他擔心自己會直接抽掉腰帶上吊，太傷害人了！

「加油吧，少年。」

「……」對不起啊！他沒辦法像混蛋老爸一樣變態！但是……但是，「老爸。」

「什麼？」

石詠哲輕聲說：「我……是不是太弱小了？」

石叔再次翻開報紙，頭也不抬的說道：「你現在才發覺嗎？」

石詠哲滿頭黑線，「……你能稍微委婉點嗎？」

「好吧，你不弱小，只是稍微稍微稍微稍微稍微弱小。」

「……別以為加了『稍微』就委婉啊！」

「連向心愛的女孩表白都做不到，你希望我怎麼委婉？」石叔卻是一如既往的犀利。

「我不是那個意思啦！」石詠哲困擾的撓了撓頭，這個老傢伙，怎麼滿口不離那個啊？

明明他的意思是……是……

「現在的我根本沒辦法保護她！」

石叔難得的愣了下，「……保護？」

「嗯。」石詠哲認真的點頭，「我想保護她，可是……現在的我做不到。」

「……」喂喂，這傻兒子怎麼就走上了那條最艱難的路線？石叔簡直無法吐槽了，世界上的戀愛大道有那麼多條，他家兒子怎麼偏偏就選擇了「我想要默默的守護著她，只要她快樂我就開心了！」的道路？一看就是終生炮灰墊背備胎命！

他覺得向來保持「旁觀」精神的自己必須出手點化一下蠢蛋，否則他兒子有一天蠢死了，他也必然無法瞑目。

「你想怎麼保護她呢？」

「我？」石詠哲愣住，「我……我希望……」希望她從此以後不會再受到任何傷害，所有的風雨都由他來替她阻擋，她每一天都像以前那樣天真的笑著就好，而他也只要看著她的笑容就什麼都……如此想著的他鬼使神差冒出了這樣一句話，「如果我去那裡，是不是……」話音猛然頓住。

自知失言的他猛地捂住嘴。

明明知道不該在老爸面前談起這種話題的，但不自覺就……他略有些忐忑的看向父親的背影，一時之間不知道該說些什麼來補救。

「那的確是個辦法。」

可出乎他的意料，老爸居然肯定了他的說法：「如果你下定決心去那裡的話，的確能獲得我們所不能給你的，也的確可能擁有保護小忘的能力。」

石詠哲驚訝的看向自家老爸，「……你不反對嗎？」

「那是你的人生，只能由你自己做主。」

「……」

石叔接著說道：「但是，作為父親的我，提出一點建議不算過分吧？」

石詠哲點了點頭，輕聲應道：「嗯。」

「如果我是你，會覺得很可惜。」

「可惜？」

石叔沒有回答兒子的疑問，只是自顧自的繼續說道：「她家裡的事情，沒有對我說，也沒有對你媽媽說，卻對你說了，你以為是為什麼？」話音頓住，等待了片刻後，他兀自說出了答案：「因為從過去到現在，陪伴在她身邊的不是別人，一直是你，也只有你。至於以後是不是還是你……那就是你要思考的問題，我無權插手。」

石宇澤在心中微微嘆了口氣，小孩子的問題他一個大人插手太多實在不好看，更何況小忘也是個惹人疼愛的好孩子，他希望她能憑藉自己的意志對人生做出選擇，而不是在他的影響和幕後引導下。

所以，有些話他沒辦法說得太明白，只能希望自家的傻小子能自己想明白，現在的他的確沒辦法好好保護她，但是卻可以和她一起長大。

這傻兒子還是不明白自己在小忘心中究竟有著怎樣的地位……不，也許就是因為靠得太近，反而無法看清。但是，讓心愛的女人從出生到現在的生活中都布滿他的足跡……

——傻兒子，這是多麼幸運的事情，你知道嗎？

——嘖，真是讓人羡慕嫉妒恨。

「唉……」石叔忍不住嘆息出聲。

「你嘆什麼氣？」不會又想打擊他吧？

「我和你媽媽晚認識了二十年啊！」只要一想就讓人心口發疼好嗎？二十年啊！七千三百天啊！十七萬五千兩百個小時啊！要怎麼才能補得回來？

「……」

石詠哲滿頭黑線又若有所思的離開了。

姑且不論他究竟會做出怎樣的決定，在他離開後，原本走入臥室的張姨走了出來，她左右看了一眼後，很有幾分鬼祟的走到自家老公的身邊問：「怎麼樣？」

「二壘都沒上，真是個蠢蛋。」

「我也這麼覺得。」張姨深以為然，而後又好奇的問：「你剛才和他談了什麼？」

「沒什麼，只是用稍微委婉一點說法，教給了他一點小道理。」

「什麼？」

石叔微微一笑：「烈女怕纏郎。」

第四章

魔王哪有這麼受歡迎

莫忘絲毫不知隔壁的石家父子經歷過這樣那樣的談話，她和電話中已到達目的地的爸爸以及……語調滿是愧疚的媽媽稍微聊了一會兒後，掛斷了電話。怔愣片刻後，她站起身伸了個懶腰。

明明自己心裡也很難過卻還要安慰別人什麼的……糟透了！

對雙方來說，也許都是如此吧？

但是她堅信，總有一天他們還能夠像以前那樣正常交談。

因為他們是家人。

「陛下。」

「艾斯特？」莫忘抬頭看向進門的青年，臉上露出笑容，「你回來了？」大概是知道不太方便的緣故，這幾天艾斯特和格瑞斯都沒有到這裡來。感激他們替自己著想之餘，她又有些擔心，「你們這些天住哪裡？」

「陛下，我回來了。」有著雪樣髮絲的青年先是回答了魔王陛下的第一個問題，緊接著又回答了第二個：「就在您的附近。」

「附近？」莫忘的心頭突然湧起了不祥的預感，「你們該不會一直……露宿街頭吧？」

「不。」

聽到否認的話語，莫忘鬆了口氣，可惜她緊接著又聽到一句——

「我們暫時借住了對面居民的空屋。」

「非、非法入內？」她就知道！不過，「……算了。」這也是為了她啊，所以她也沒資格指責人家，「回來就好！對了，格瑞斯呢？」

「……他還沒有回來嗎？」

「哎？你也不知道嗎？」

主僕二人面面相覷了片刻，緊接著同時恢復了淡定——那麼大一個人，怎麼看都不可能跑丟吧？

而晚餐時，艾斯特給了莫忘一個大大的驚喜。

「這個是……」

莫忘呆呆的注視著桌上的麵碗，光亮的麵條細長如絲線，再搭配上切片的牛肉、潔白的蘿蔔、翠綠的香菜以及紅豔豔的辣油，色彩和諧，熱霧騰騰，香氣撲鼻，僅是看著就讓人的唾沫情不自禁的分泌，原本還不太餓的肚子彷彿一瞬間就餓了。總而言之……相當吸引人的食欲好嗎？！

她努力嚥下「奔騰」著的口水，驀然想起之前爸爸似乎說過她喜歡吃「牛肉麵」，對於艾斯特這個「偷聽慣犯」來說，知道這件事還真不奇怪。

「陛下，請用。」身穿著粉色圍裙卻表情格外嚴肅的艾斯特微微躬身，恭敬的將一雙筷子奉到坐在桌邊的女孩面前。

「啊，謝、謝謝。」莫忘接過筷子，卻沒有吃，只先抱著麵碗喝了口湯。一口下去，她驚了，「這個味道……」

「味道很奇怪嗎？」注視著莫忘奇怪的表情，艾斯特向來鎮定的眼眸中泛起些許波瀾。

「不，很好吃！但是艾斯特你是從哪裡學會做這個的？」居然和王伯麵館的一模一樣。

「是嗎？」得知味道很好，艾斯特舒了口氣，緊接著解釋道：「您之前提到的王伯的確已經回了老家，但一直在他店中工作的張先生卻在城市的另一邊開了麵店，一些顧客說兩者的味道很像。」

「所以你就去取經了嗎？」她瞬間明白了，為什麼艾斯特沒有在爸爸離開後立即返回這裡。不，不僅如此，連她這個原居民都不清楚的事實，這幾天他又花了多少時間去探訪呢？

「是的。」

「……」莫忘緩緩握緊手中的麵碗，手心很暖，然後這溫度似乎順著血管一路傳遞到了心臟，心口也很暖。

她很清楚，這樣的感覺是從何而來。

被他人關注，被他人關懷，被他人捧在手心，就是這樣的讓人……

「砰！」

大門突然傳來這樣一聲巨響。

沉浸在靜謐祥和氣氛中的兩人同時抬起頭，只見紫髮青年高喊著「陛下——」跑了進來，只是……

「格瑞斯……」原本應該斥責對方過於失禮的艾斯特怔住了。

「格瑞斯，你這副造型是怎麼回事？」

沒錯，向來崇尚「高貴」和「優雅」的格瑞斯，現在可一點都不高貴優雅，束起的紫色髮絲很是凌亂，身上的白色休閒服上居然沾染了不少泥土，其中還夾雜著斑斑點點的紅色痕跡……是血？

「怎麼回事？」莫忘連忙站起身。

「啊？什麼？」原本滿臉興奮的格瑞斯愣了愣，下意識的擦了把臉，成功的糊了自己滿臉的血和泥。

「……」

「……」

主僕二人再次對視了一眼，心中都很確定——看來八成是沒什麼事了，不過這傢伙到底是去哪裡玩了啊？居然弄成了這副模樣。

也直到這時莫忘才注意到，對方的手中居然提著一個黑色的塑膠袋。

——喂喂，別告訴我這傢伙做了什麼殺人分屍的事情啊……

「其他事情都不用在意！陛下，我終於弄到了！」格瑞斯一邊說著，一邊獻寶似的把懷中的袋子舉了起來。

「……」莫忘抽了抽嘴角，「什、什麼？」

「您從前最愛吃的那家牛肉麵的牛肉的進貨管道！」

莫忘愣住。

「我仔細去問過，王伯他……」格瑞斯的話音戛然而止，因為他看到了桌上的麵，隨即勃然大怒，揮舞著袋子就朝艾斯特衝了過去，「艾斯特！你這卑鄙的傢伙！趁著我去找牛肉的時候做了什麼？！」

艾斯特連忙退後，「冷靜點，格瑞斯。」

「閉嘴！」

「我……」

兩個人就這樣或主動或被動的鬧成了一團。

正常情況下，艾斯特應該能馬上制伏格瑞斯，可惜目前的後者真是髒到了生人勿近、熟人更勿近的地步，所以場面居然一時之間就這樣僵持了下來。

而發覺現在兩人似乎「不宜打擾」的莫忘，則坐了下來，大口大口吃起了面前的麵條。

直到她喝完最後一口湯汁，格瑞斯終於稍微淡定了下來，而客廳的地上也已經滿是泥土和血痕了……

「艾斯特，格瑞斯。」

莫忘走到兩人面前。

「陛下。」

「陛下。」

她露出一個溫柔的笑容，「要仔細把家裡收拾乾淨哦，否則晚上不准睡覺。」

艾斯特：「是，陛下。」

格瑞斯：「……」

「不過，在那之前……」莫忘突然張開雙臂，抱住面前的格瑞斯，「格瑞斯，謝謝你。」

這麼溫柔的對待她，雖然方法稍微……有一點奇怪，但其中包含的心意，她已經充分的感覺到了。

「！！！」格瑞斯一時之間愣在當場，好半天才反應過來，「陛陛陛陛陛陛下？我我我我身上很髒……」

「我知道。」莫忘鬆開他，提起自己也滿是血泥的衣服看了看，「不過現在我和你一樣髒了。而且……」她轉過身，抱住艾斯特，「你也和我們一起髒吧！」

艾斯特：「……」

「哈哈哈，艾斯特你……」

老「對手」的笑聲在耳邊響起，而艾斯特的目光卻一直投注在女孩的身上。

下一秒，她抬起頭來，兩人的目光對上。

艾斯特從中讀到了純粹的感動與感激，他很想回答「陛下，這是屬下應盡的職責」，但又覺得這樣的話語太過生硬，害怕會不小心將她刺傷，更重要的是……他其實也很明白，驅使他做這一切的並非是「職責」，而是「內心」。

「好！」

莫忘站直身體，雙手背在身後後退行走，「我去洗澡了，你們收拾客廳吧，如果找不到抹布可以滿地打滾，然後直接洗衣服就好。」笑。

格瑞斯：「……」錯覺嗎？突然覺得陛下變得有點厲害……

艾斯特：「陛下的睿智無人能敵！」

「……」格瑞斯嘖了對方一聲：喂！重點不在這裡好嗎？！等等，這傢伙不是真打算在地板上打滾吧？反正他絕、對、不、要！再等等，如果真的打滾的話，是不是可以受到陛下更多的寵愛呢？艾斯特！卑鄙的傢伙，「打滾什麼的放著我來！！！」

「……」

「我當抹布，你拿著我擦地板，就這麼決定了。」

艾斯特：「……」我的小夥伴是個傻蛋。

無論如何，生活都還在繼續著。

莫忘依舊和自己的竹馬石詠哲一起過著出門、上課、下課再回家的日子，期間又毆打過不少次突然精神分裂的他——因為有幾次是當著班上同學的面，幾乎所有男生都不敢直視她了，倒是其他女生變得熱情了起來……這叫什麼事！她冤枉啊喂！

順帶的，她也做了些好事提升魔力值。

轉眼之間，十月已然到了底，天氣一天天的涼了下來。

少年不再時不時捋起袖子，而女孩也已經穿上了自己的西裝小外套。

★◎★◎★◎★◎

這天放學回家後，莫忘從艾斯特的口中得知了兩件重要的事情。

第一件是——

「陛下，依據您現在積累的魔力值，已經可以再加持一個初級魔法。」

「哎？」聽起來不錯！

第二件卻是——

「並且，您可以利用水晶球再召喚出一位忠誠的奴僕。」

「……」這個還是算了吧！

「又一個初級魔法啊。」莫忘歪頭思考了片刻，「不能把初級力量升級為中級嗎？」咳，她當然對女大力士沒什麼興趣，之所以這麼問完全是出於疑惑，疑惑！

「萬分抱歉，陛下，這是不可以的。」艾斯特仔細的解釋：「必須將初級的體質、敏捷和力量全部加持一遍，才可以逐步升級。」

「這樣啊……」

「是的。」

「那這次我就選擇敏捷好了！」

「您確定嗎？」

「嗯！」莫忘笑著點頭，「這樣下次再睡過頭的時候，我就可以扛著石詠哲快速的跑去學校了！」

當然，她只是打個比方，因為石詠哲那傢伙八成不會答應。

艾斯特：「……我明白了。」他學著最近從電視上學到的話語，默默的為勇者大人掬一把同情淚。不過，對於魔王陛下的決定他沒有任何意見，因為她無論做出什麼決定都必然是正確的，這一點毋庸置疑。

「至於召喚……」莫忘望天，「有必要進行嗎？我覺得有你和格瑞斯保護我就夠了。」

「陛下……」

「我勸妳最好還是召喚哦。」

一個聲音突然從臥室門邊傳來，莫忘扭頭一看，原來是那隻目前正被石家豢養的「聖獸」

白貓——牠八成是從陽臺上跑來的。

「艾斯特大人～～～」撲，蹭。

「……」莫忘非常無語的看著抱著艾斯特褲腿就是一陣猛蹭的白貓，尤其她居然能從那張貓臉上看出無比幸福的表情……總覺得哪裡不對。

艾斯特低頭問道：「布拉德．貝克漢姆，怎麼回事？」

白貓抬起頭，星星眼看向艾斯特，「我能感覺到，勇者就要召喚其他聖獸了。」求表揚～求表揚～～

莫忘扶額，像這樣賣隊友真的沒問題嗎？某種意義上說勇者還真是倒楣透了。不過，重點不在這裡，而在於——

「布拉德．貝克漢姆是什麼啊？」

「我為自己取的新名字。」白貓舔了舔爪子，露出了很是威武霸氣的酷跩表情，「勉強能代表我百分之一的特質吧。」

艾斯特蹲下身，遞上一條小魚乾。

「喵～～～」叼住，滿地打滾，求摸肚子！

莫忘：「……」誰能告訴她，那所謂的「特質」在哪裡？

「陛下。」艾斯特就著蹲下的姿勢單膝跪地，誠懇的進諫：「如果事實的確如牠所說，您最好還是召喚出新的守護者。」

「就是！」白貓輕哼出聲，「艾斯特大人也需要偶爾放個假的！」然後抱著牠一起逛街什麼的，一起洗澡什麼的，一起睡覺什麼的……好羞羞！

捂臉跑走！

莫忘抽搐著嘴角注視著用一隻爪子捂臉、剩下三隻爪子蹦躂離開的白貓，片刻後給予了艾斯特這樣的回答：「……我知道了。」

事不宜遲，幾分鐘後他們就開始了召喚儀式。

因為已經有過一次的經驗，莫忘並不像之前那樣滿心忐忑，而之前艾斯特用粉筆在儲藏室地板上繪出的魔法陣似乎也可以重複使用，在稍微補充了一下被無意中抹去的線條後，他再次拿出了那只裝著女孩指甲的玻璃瓶，小心翼翼的將其中一片放入了陣心。

緊接著，艾斯特再次唸出了莫忘直到現在依舊聽不太明白的咒文，但即便聽不懂，她仍然從中感覺到了濃重的美感。艾斯特的嗓音雖然冰冷，卻相當有磁性，更夾雜著一種難言的魅力，而當他用那聲音說出溫柔的話語時，甚至會給人一種極大的反差萌感。

但此刻又是不同的，雖然沒有刻意放柔聲音，可那低沉的音節自他口中吐出後，彷彿瞬間綿延成了一首神秘的詩，每一個節拍韻律都那樣契合心跳的規律……

「咚！」

「咚咚！」

「咚咚咚！」

莫忘下意識的捂住心口，「這是……」

「和鳴。」有人在她身後輕聲說道。

「哎？」因為來人的話音很熟悉，所以她沒有驚訝，只是回過頭同樣小聲的發問：「這是什麼？」

不知何時走入儲藏室的格瑞斯微微一笑，用與艾斯特截然不同的優雅嗓音解釋：「是指陛下您體內的魔力與艾斯特的魔力發生了共鳴。」隨即，他的臉孔陰暗下來，咬牙切齒，「該死的艾斯特，又被他搶先了。」再次變回溫柔臉，「陛下，之後請務必與我也和鳴一次！」

「……」這種事不是想就能做到的吧？

就在此時，藍光已然強盛到彷彿再次將房間帶入了海洋之底。

「陛下，是時候了。」

「我明白了。」莫忘回過神來，一字一句的說道：「以魔王之名，我忠誠的奴僕，奉此令現身於此世。」

果然，這種中二到了極點的臺詞，無論說上幾次都不會習慣。

可惜魔法陣很吃這套，在相繼爆發出強光和颶風後，又一個陌生的身形出現在了其中。

這一次的來者依舊是以單膝跪地的姿勢登場，從莫忘的角度，僅能看到他比起兩位青年都要顯得瘦小纖細的身形，以及那一頭如陽光般燦爛的金色短髮；不同於艾斯特的直髮，他的髮絲微微捲曲，很有幾分小說中經常提到的異域風情——唔，金髮王子殿下什麼的……

「尊敬的魔王陛下，您忠誠的奴僕謹遵召喚而來。」

不得不說，莫忘的直覺其實挺準的，因為來人的嗓音的確與髮絲一樣充滿了陽光爽朗的氣息。

格瑞斯很快認出了來人：「是你啊，賽恩。」

「格瑞斯前輩？」被稱為賽恩的「新人」抬起頭。

莫忘這才發現，與艾斯特和格瑞斯不同，他居然還是個少年！隨即恍然，怪不得體形會有那麼大的差異。但即便如此，她依舊不得不感慨魔界居民的基因就是好，這個叫做賽恩的守護者雖然只是少年，卻同樣有著一張不輸給兩位青年的臉孔，雖然缺失了幾分成熟感，卻又多了幾分青春的氣息。

「艾斯特前輩也在？那麼，魔王陛下在哪裡？」少年說話間，左右張望著。

也直到此時莫忘才發覺，少年外表中最吸引人注目的，是他的眼眸——與艾斯特一樣的藍色，但卻有著明顯的區別。若說艾斯特的眼眸像是凝結的湖水，那麼他的眼眸就像是晴日的天空，給人的感覺截然不同。

但是！

問題是！

她這算是被忽視了嗎？

「不可失禮，陛下就在你的眼前。」

「哎？」賽恩大驚失色，「艾斯特前輩的意思是，這位看起來超可愛的小小姐就是這一屆的魔王陛下？！」

「……」本來應該點頭的，但被這樣誇獎之後，莫忘覺得稍微有點不好意思。

格瑞斯：「……」嘖，怎麼又來了一個和艾斯特一樣擅長溜鬚拍馬的傢伙！

最為淡定卻是艾斯特：「正是如此。」

畢竟在他眼中，魔王陛下用什麼樣的語言讚美都是非常符合實際的，毫無違和感——某種意義上，艾斯特才是真正的強人也說不定。

隨後，這位自稱名叫「賽恩．哈柯帝士」的少年在向魔王陛下奉上忠誠後……穿上了衣服。咳，因為時空亂流的緣故，他也是光著身子出場的。不過，可能因為已經習慣了，原本應該應景的叫上一聲的莫忘沒做出任何反應，雖然似乎有哪裡不對，但……還是算了吧！

「這就是陛下的住所嗎？」賽恩走出儲藏室後，左右觀看著房間，「和我想像中的不太一樣呢。」

「你想像中的？」莫忘好奇的問道：「怎樣的？」

「該怎麼說呢？要更有氣勢吧。」賽恩抓著後腦杓笑出聲來，他的笑顏真的如陽光般燦爛，「不過，陛下既然是這麼可愛的小小姐，房間果然也應該像現在這樣小巧可愛才對。」

莫忘則是有些困擾的撓了撓臉頰，「能別那麼說我嗎？」

「哎？」

「總覺得……稍微有些不好意思。」

「為什麼？」賽恩歪了歪頭，疑惑的問道：「小小姐陛下這個世界的人，會因為聽到實話而害羞嗎？」

他似乎還格外愛喊莫忘為「小小姐陛下」，好在後者也完全不在意這點。

「……」這讓她該怎麼回答？從沒有一刻比現在更強烈的感覺到，魔界和這邊的風俗果然不一樣。她不得不轉換話題：「格瑞斯的衣服給你穿果然大太多了。」

不過，格瑞斯已經親自出門去替賽恩買衣服——他堅信自己的目光比艾斯特好——所以這應該只是臨時的問題。

「好像是有點。」賽恩提了提繫了腰帶還是大幾號的褲腰，又扯了扯被捲了些邊上來的褲腿，最後揮舞了兩下有些長的衣袖，再次燦爛的笑了起來，「但既然是陛下的恩賜，無論怎樣的衣服我都會一直穿下去的！」

「……」這就不用了！

賽恩又說：「對了，小小姐陛下。」

「什麼？」

「那個看起來有點奇怪的盒子是什麼？」

莫忘順著賽恩手指的方向看去，原來是電視機。說起來，魔界似乎是沒有什麼電器的，最初艾斯特和格瑞斯來的時候也很是好奇。

因為有之前的經驗，她很順暢的解釋了起來。

不得不說，這些守護者的智商和領悟能力都很高，不過片刻賽恩便大致明白了她的意思，確認道：「就是說，只要按下那個奇怪的板子，裡面就會出現能動的畫面嗎？」

「沒錯，就是這樣。」莫忘點了點頭，「要試試嗎？」

賽恩遲疑了下，「哎？可以嗎？這麼貴重的東西……」

「不，這東西在我們這裡算不上貴重啦。」莫忘一邊說，一邊朝放遙控器的茶几走去。

賽恩跟在她的身後。

但是，就在兩人走到目的地的時候，意外發生了——賽恩一邊的褲腿居然掉了下來，他連忙彎腰去捲，而前方的莫忘也恰好拿了遙控器回頭遞出，動作間，她的腿無意中絆了下，整個人便朝地面摔去。

「小小姐陛下，小心！」單膝跪在地上的賽恩連忙伸出雙手。

「砰！」

「痛……」

「您沒事吧？」

一串聲音接連響起。

在廚房中準備晚飯的艾斯特伸出頭來問：「陛下？」

與此同時——

從陽臺過來石詠哲也恰好走出臥室，「小忘，妳……」

「……」

「！！！」

此刻的石詠哲只感覺自己的胸口如同被一千頭草泥馬踩踏而過！可憐的少年喲～玻璃心碎了，又變成了渣渣，最後隨風飄散……

他本來只是來找小青梅，結果世界的惡意卻給予他重創……他看到了什麼！什麼！！什麼！！！

自己心愛的女孩居然和另一個金髮小白臉抱成一團什麼的，傷不起！

——小白臉，你那隻手放哪裡呢？她的腰是你能抱的嗎？鬆開！

可惜傲嬌的悲劇就在於，哪怕心中有千言萬語，真吐出來，卻只有這麼一句：「你們在做什麼？！」

「啊？什麼做什麼？」莫忘看向石詠哲時，臉上的表情很無辜。

事實上，她是真的無辜啊……人有旦夕禍福，不是每個人都能像武林高手那樣以各種唯美的姿勢落地，就算剛剛加了敏捷，可問題是她還沒適應啊！

幸好有人在下面接住她，否則真會摔次狠的。

如此想著的莫忘下意識轉回頭看向身下的少年。因為剛才的意外，賽恩坐在了地上，而她則直接跪在他的腿上。

雖然看起來是差不多的年紀，但不得不說，莫忘經常被小竹馬「鄙視」不是沒理由的，她的體形真的是相當嬌小，所以明明是接人與被接，現在的情景看起來卻簡直像是少女如同孩子一樣被賽恩牢牢抱在懷中。

「小小姐陛下，您沒事吧？」賽恩湛藍的眼眸中滿是擔憂的神色，再一次重複了剛才的問題。

「我沒事。」莫忘搖了搖頭，「不過這話應該我問你吧？」既然都已經反應過來，她連忙站起身，朝地上的少年伸出手，「有沒有撞到哪裡？我把你壓疼了吧？」

賽恩拉住莫忘的手，站了起來，露出一個爽朗的笑容說：「怎麼會？小小姐陛下比雲朵還要輕。」

「……」這種形容也太誇張了吧！

石詠哲：「……」那種諂媚的語氣是怎麼回事？還有，他這是被忽視了嗎？

好在莫忘沒忘記他的存在，扭過頭解釋：「事情就是剛才我們所說的那樣！」

「……」雖然得到了解釋，但石詠哲的心裡還是不開心啊，這種待遇他都沒享受過呢！雖然小時候似乎……但重點是——

「這個可疑的傢伙是誰？」他手指向正閉著一隻眼揉腦袋的少年。

「他嗎？」莫忘不用轉頭也知道小竹馬問的是誰，於是把他拉到臥室裡稍微解釋了下。

石詠哲聽完後，非常糾結的問：「妳到底還想召喚出多少可疑的傢伙出來啊？」

「……那你什麼時候能不精神分裂呢？」如果他能不讓「勇者」出來，她也不需要這樣做啊！

「……」直到現在依舊天天被揍的石詠哲啞口無言，唯有扭過頭很不爽的輕哼了聲。

莫忘扶額，「所以說，你在鬧什麼彆扭啊？」這傢伙真是年紀越大越難猜，該說「男大十八變」嗎？

「我才……」

就在兩人絮絮叨叨的進行著談話時，門外的賽恩已經蹦躂到了廚房門口，「艾斯特前輩，那個少年的身上似乎……」

艾斯特微微頷首，肯定了少年的判斷：「沒錯，他正是『勇者之魂』的宿體。」

「這樣嗎？可是，他似乎和小小姐陛下的關係……」

「他們是青梅竹馬。」

「居然是這種令人悲傷的關係嗎？」賽恩露出某種深受觸動的表情，「明明是從小一起長大的朋友，卻不得不站在敵對的立場……」

「……」

艾斯特沉默了片刻，正準備說些什麼，房門大開著的臥室中突然傳來了這樣驚天動地的喊聲——

「魔王，吃我一劍！！！」

沒錯，勇者大人再次出現了。

「小小姐陛下！」賽恩臉色一變，立刻就要衝上前去，卻被身旁的艾斯特握住了手腕，疑惑的問：「艾斯特前輩？」

艾斯特低頭看向賽恩驚愕的表情，微微搖了搖頭，「這種情況，並不需要我們出手。」

而事實也證明著他的說法。

臥室裡的女孩靈敏無比的一把接住勇者手中的趴趴兔，再一個手刀，就將他成功的拍翻在地。那動作真叫一個行雲流水，前後五秒都沒花到。

下一刻，「挺屍」在地的勇者一個翻身坐了起來，開始揉著腦袋低聲抱怨「妳下手也太重了……」，而女孩則抱著趴趴兔不客氣的回嘴。

賽恩：「……」

其實，也不怪他震驚。

眾所周知，有魔王的地方就必然有勇者，有勇者就必然存在著即將被他推翻的魔王。故而，在魔界存在著不少有關於「魔王與勇者故事」的書籍，而其中很大一部分都是小說，還是略誇張的那種。

比如：魔王與勇者大戰了百日百夜，最終獲得勝利，可惜天空的太陽只剩下一個……

再比如：魔王費盡千辛萬苦，終於打敗了邪惡的勇者，解放了勤勞善良的魔族……

再再比如：魔王經過刻苦的修練，終於從勇者的城堡中帶回了被俘的未婚妻……

咳咳咳……

諸如此類，不勝枚舉。

總之，魔王是正義的善良的偉大的，而勇者則是邪惡的殘暴的渺小的。

而此刻再一看……對比真的如此強烈啊！

其實，最初的時候格瑞斯也很是震驚了下，不過看自家陛下揍個勇者跟切菜似的（石詠哲表示淚目），也就自然而然的放心了。

★◎★◎★◎★◎

不久後，石詠哲回了家，而格瑞斯也拎著買好的衣服歸來。

晚飯之後，幾人對賽恩的安置問題進行了討論，好在莫忘家的房子不算小，最初就是標準的三房一廳，在裝修的時候又隔出了一些小房間，比如儲藏室和餐廳。

艾斯特與格瑞斯本來是一人一個房間，最後賽恩被安置在艾斯特的房間中——雖然他表示睡在小小姐陛下的床腳下也是可以的，但是被莫忘快速駁回了——大家對此都沒有什麼異議，於是事情就這樣定下了。

當夜無話。

次日，少女再次與少年一起踏上了上學的路途。

雖然昨天看起來「不歡而散」，但兩人都屬於「消氣快」的類型，很少會有「隔夜仇」，所以談話什麼的進行得也挺自然，只是——

石詠哲打了個哈欠，「啊哈～」

「你昨晚做什麼去了？」已經拿出課本的莫忘扭頭無奈的看向同桌的少年，剛才在車上時，這傢伙又枕著自己的肩頭睡著了。

「哪裡都沒去。」石詠哲趴在桌上，懶洋洋的說道。

「誰信！」莫忘毫不客氣的朝他翻了個白眼，隨即想起了一個可怕的可能性，連忙小聲說道：「等一下，我記得你上次召喚聖獸之魂時，好像也是失眠了，該不會……」這麼說來，之前白貓似乎也說過類似的話語。

石詠哲：「……」別說，還真有可能，因為他昨晚似乎又做了動物和自己說話的夢。

「你們在說什麼？」

就在此時，前桌的蘇圖圖回過頭來問：「什麼夢？莫非是……」上下瞟了石詠哲一眼，捂嘴，猥瑣笑。

莫忘：「？？？」

石詠哲：「……」默默拿書蓋住腦袋。

莫忘推他一把，「喂，還有十分鐘就上課了。」

石詠哲又打了個哈欠，懶洋洋的說：「老師來了妳再叫我。」

「……真是的。」莫忘嘆了口氣，「你乾脆祈禱老師別來好了。」

「也行。」

「喂！」

然而，接下來的發展卻出人意料，因為……老師還真的沒來，明明穆學長都如往常一樣路過並且對她微笑了，這真是不可思議！

石詠哲：「ZZZZZZZZZZZZZZZ……」

莫忘：「……」

蘇圖圖目瞪口呆的回過頭，「小忘，妳什麼時候轉職做……那什麼嘴了？」

林樓默默的補刀：「烏鴉嘴。」

「……這肯定是意外！」

「真是的～」蘇圖圖壞笑，「就那麼想讓妳家石詠哲多睡會兒嗎？」

「妳夠了！」

學生是非常容易感到滿足的，比如放假，比如上不需要聽的副課，再比如上課時老師遲到——倒不是有什麼壞心眼，像是期待人出事什麼的，只是這種大概就屬於「意外之喜」吧？

雖然只是很小很小的事情，但當所有人都因為這件事而愉悅時，似乎就變成了一份很大的、可以與他人分享的快樂。

可惜，這份快樂只持續了十來分鐘。

教室後面不知誰大喊了聲：「班導師來了！」所有鬧騰著的學生紛紛恢復了安靜，一個個人模狗樣的端坐在位置上，看起來要多乖巧就有多乖巧。當然，莫忘沒忘記把自家睡得天昏地暗的小竹馬叫醒。

石詠哲勉強坐起身，再次打了個大大的哈欠，單手撐著臉，百無聊賴的看向門口。

片刻後，班導師孫欣如走了進來，而她的身後，卻跟著一位意想不到的人物。

「同學們，抱歉，我遲到了。」走上講臺的孫欣如首先道了歉，隨即朝站在門外的人招了招手，「因為我們班新來了一位轉學生。」

這所學校不是沒有轉學生，但開學將近兩個月後才來報到的，就少之又少了。

更何況，這位轉學生還是——

「外國人？」

「金色頭髮，藍色眼睛，不是外國人才怪吧？」

「交換生？」

「沒聽說過啊，而且現在也不是交換生來的時間啊！」

班上同學的討論中，石詠哲轉頭看向莫忘，「為什麼那個傢伙會來？」

問題是莫忘自己也目瞪口呆，「我也想知道啊！」

不得不說，孫欣如相當懂得「馭下」之道，並沒有在第一時間打斷學生們的喧鬧，反而在他們相互交流了片刻、漸漸將目光放到轉學生身上後，才拍了拍掌，高聲喊道：「同學們，安靜一下。」

教室再次恢復了寂靜。

孫欣如點了點頭，臉上露出一個笑容，「站在我身邊的這位，就是新來的轉學生。」說完，她退到了一旁，示意轉學生站到講臺上。

能讓莫忘和石詠哲如此驚訝的人，除去賽恩還能是誰？

只見他臉上露出一個燦爛的笑容，非常禮貌的對孫欣如道謝後，才走到了講臺上，如此說道：「大家好，我的名字叫做賽恩．哈柯帝士，非常榮幸從今天起與大家成為同學……」

他所說的雖然是常見的客套話，但在場的學生們還是聽得津津有味，大家都深深的覺得：這老外中文說得可真溜啊！在哪練的啊？咬字好清楚哦，再多說兩句！

沒錯，這就是所謂的圍觀。

但不得不說，賽恩進行「潛入保護」工作還真是具有先天優勢，畢竟金髮藍眸什麼的在地球上還是屬於相當科學的長相，所以完全不需要偽裝。

「那麼，賽恩同學，你就坐在……」孫欣如環視了下教室，心中有些犯難，班上的學生人數剛好是偶數，一時之間還真找不到空位，總不好讓轉學生坐到最後一排去吧？

「老師！」金髮少年突然舉手，「聽說在這裡提問是要先舉手，請問是這樣沒錯吧？」

孫欣如點頭，「是，你有什麼問題嗎？」

「請問我可以自己選擇座位嗎？」

此言一出，下方的學生們再次默默的豎起拇指：兄弟，好膽量！

誰都想跟老師說出這麼一句，問題是真敢這麼做的畢竟是少數。

孫欣如愣了下，在心中默唸了幾遍「這是個老外！我要照顧國際友人！我要展現師長大肚量的風範！」後，微笑著問道：「那麼，你想坐哪裡？」

這個瞬間，莫忘的心中浮起不祥的預感：不要啊，住手！

可惜，太遲了。

「那裡！」賽恩一臉陽光的手指向莫忘所在的位置。

孫欣如：「……」這傢伙到底是來做什麼的？！

同學們：「……」臥槽這傢伙膽子好肥啊！居然敢主動靠近莫大姐！喂，少年，不要被她軟妹的表象欺騙了，她的內在其實是女金剛啊喂！

沒有得到回應的金髮少年露出疑惑的表情，「不可以嗎？」

「咳！」孫欣如輕咳出聲，「賽恩同學，你為什麼要坐那裡？有什麼特別的原因嗎？」

「非說不可嗎？不說可以嗎？」賽恩有些為難的抓了抓頭髮，他是很想說「我想近距離保護小小姐陛下」啦，可是艾斯特前輩特地提醒過他，絕對不可以在大庭廣眾之下喊出「陛下」之類的字眼，否則她會很生氣。

同學們：「……」少年好膽量，且容我們為你按個讚！

班導師孫欣如雖然無語，但她很快反應了過來，商量性的看向石詠哲，問：「那麼，石詠哲你……」

石詠哲想也不想就答：「我拒絕！」他才不要為了這麼一個莫名其妙的傢伙換座位呢。

孫欣如：「……」你們約好一起砸場子的嗎？！

同學們：「……」哲哥偶像！萬年不換！

眼看著氣氛一點點變得尷尬，莫忘不得不再次跳出來說：「那麼，我和他換！」

石詠哲：「……」

賽恩：「……」

孫欣如大喜：「就這樣吧。」果然女孩子是老師的貼心小棉襖，比男生聽話太多了。

趁其他人不注意，莫忘回頭默默瞪了兩人一眼，眼神中滿是殺氣：誰敢反對弄死誰！

於是，兩位少年就這樣成為了好同桌。

眾人恍然大悟：原來新同學的目標是哲哥啊！

至於莫忘？

大概是感謝她的傑出貢獻，在蘇圖圖和林樓大膽的提議下，班導師孫欣如大手一揮，莫忘就和兩位好友一起變成了夾心餅乾。

對此結果——

莫忘很開心：和小夥伴在一起真好！

蘇圖圖也很開心：理由同上！

林樓跟著很開心：理由再次同上！

賽恩依舊很開心：能近距離待在小小姐陛下的身邊，還可以監視勇者的動向！

石詠哲：=皿=

好吧，唯一的人生輸家大概就是他了，雖然女孩依舊在他身邊，但卻從同桌變成前桌的差距……再加上，其他人那詭異的目光是怎麼回事？

但很可惜，他內心的委屈無人知曉，因為大家已經把關注點放到了另一件事上。

下課時——

「對了，小忘，萬聖節的事情妳知道嗎？」

「萬聖節？」莫忘愣住，回頭看向石詠哲，「阿哲，你知道嗎？」

石詠哲輕哼一聲：「不知道！」明明和他分開了，還笑得那麼開心，這個沒良心的傢伙！

「……」無緣無故的他又發什麼脾氣啊？莫忘真心無語，轉而看向林樓，問：「小樓，那是什麼？」

經過林樓三言兩語的簡短解釋，她總算明白了。

簡單來說，這個月底，也就是十月三十一日的晚上，學校會在大禮堂開萬聖節舞會。

「像這樣的事情，學校也會答應嗎？」莫忘對此有些吃驚，「萬聖節什麼的，是西方節日吧？」再怎麼想都有點奇怪啊！

蘇圖圖解釋：「這個習俗已經延續幾年了，似乎是前幾屆的學長學姐們請願的結果，用校長的話說——就是一群快要被課業和無聊逼瘋的學生們想要找個理由發洩過頭的精力。」

「……」就某種意義上說，校長大人還真是犀利。

「嗯！」蘇圖圖攤手，「不過話雖如此，要求還是很嚴格的。首先，最晚只能到十點；

其次，想參加的學生必須得到家長的同意書；最後，離開前要回到教室由老師統一點名，再分別由家人或同學的家人接回去，到家後還要打電話向老師報備。還有一些其他細節，不過大致就是這樣吧……小忘妳會參加吧？」

「我嗎？」莫忘愣住，有些困擾的撓了撓臉頰，「不知道呢。」畢竟還是第一次聽說這種事，再說舞會什麼的……她完全不會跳舞好嗎？絕對會丟人的吧！

「來嘛～」

「……妳有什麼陰謀？」莫忘瞬間就看穿了自己好友的「狼子野心」。

「嘿嘿嘿嘿。」蘇圖圖猥瑣兮兮的笑了兩聲，卻沒說話。

反倒是林樓給了莫忘回答：「萬聖節的舞會，是化妝舞會。」

「正是如此！」蘇圖圖捧臉，露出一臉蕩漾的表情，「小忘妳絕對會穿上我設計的衣服參加的吧？對吧？」

莫忘望天：「……」怎麼辦？更不想去了……

「而且，更重要的是！」蘇圖圖握拳，「可以邀請喜歡的人一起跳舞哦！」

莫忘微微紅了臉，「喜、喜歡的人？」

「沒錯。」蘇圖圖瞟了眼明明在聽卻強裝作不在意的石詠哲，朝莫忘壓低聲音說：「試試看邀請穆學長如何？」

「啪──」

石詠哲手裡的中性筆活生生的裂出了一條縫。

蘇圖圖：「……」突然覺得生命飽受威脅！小樓救命！

林樓淡定的推了推眼鏡：不作死就不會死，妳怎麼就是不明白呢？

可惜，被小夥伴話語驚到的莫忘看都沒看他一眼，只是連連擺手拒絕說：「不，邀請學長的人一定非常多，我就……」

「哎？那妳心目中有什麼其他人選嗎？」蘇圖圖覺得必須挽救一下自己的生命，她小心翼翼的瞥了一眼石詠哲，說道：「比如熟悉的男生什麼的……咳，到時候光是站著看別人跳也挺沒趣的吧。」

「其他人選嗎？」莫忘愣住，「唔……」她歪頭思考了起來。

坐在她身後的石詠哲，不知何時起手心悄悄冒出了汗。

「未必非要小忘邀請吧。」不得不說林樓就是犀利，瞬間就將話題帶往另一個方向。

「對哦。」蘇圖圖恍然大悟，「或許會有人邀請小忘也說不定呢！」

「怎麼會？」莫忘搖了搖頭，「我覺得肯定沒人會邀請我。」託班上那些長舌怪的福，她如今在學校可以說是「臭名遠揚」，剩下的人……好像只有石詠哲了？不過這傢伙彆扭得要死，會開口才怪吧？

那……她主動邀請他？絕對不要！這樣做就好像她沒人要似的！

然而，所有人都忘記了，他們身邊還存在著另一個不按常理出牌、堅信「魔王陛下說的就一定是實話，魔王陛下為難的時候屬下一定要出來解圍」的傢伙。

賽恩突然站起身時，就已經引起了一部分人的注意——其實很多人是非常想和他搭訕聊天的，可惜認識時間太短，大家又都還處於觀望階段。

當他走到蘇圖圖身邊時，全班同學的視線也跟著他移動。

而當他……單膝跪在莫忘的面前時，全班瞬間鴉雀無聲：老外你想做什麼？？？

莫忘：「……」喂喂，這傢伙是要演哪齣啊！

跪下的瞬間，賽恩如黃金般閃閃發光的髮絲微微顫動，在日光下反射出美麗的光芒。他如晴空般湛藍的眼眸深深注視著眼前的女孩，一手貼在心口，另一手朝她伸出，「這位可愛的小小姐，請問您是否願意和我一起參加萬聖節的舞會呢？」

——小小姐陛下，請無須擔心，就讓我賽恩來解除「沒人邀請您」的魔咒。

「……」

如果上天再給莫忘一次選擇的機會，她一定會毫不客氣的把眼前這個名叫賽恩的少年塞進魔法陣丟回魔界！

可惜，世上從沒有所謂的「後悔藥」，而她也只能囧臉面對此刻的窘境。而一開始驚呆了的小夥伴們則毫不客氣的開始起鬨，雖然只是笑嘻嘻的發出「哦～～～」之類的聲音，依舊讓莫忘覺察到了深深的羞恥感，真是太太太太丟人了！

——求拯救！

在這種情況下，一個身形出現在了門口。

「賽恩。」

原本正認真等待女孩回答的金髮少年連忙轉過頭，「艾……」對了，在學校要叫：「艾老師？」

——艾斯特前輩是在生氣嗎？眼神好可怕！

當然，這是只有熟識的人才能發覺的事情，因為在大部分人眼中，傳說中的「艾老師」無論喜怒哀樂都是那張面癱臉，有人甚至懷疑他是天生的臉部肌肉壞死。

但即便如此，在場的人們也知道青年生氣了，因為——

「和我出來一下。」

他的話語中幾乎可以掉出冰渣子。

明明才秋季，不少人卻默默覺得自己該穿棉襖了，這難道就是傳說中的「妹控哥哥不好惹」系列？話說莫大娘（莫忘：＝＝）本身就那麼猛了，再來個更猛的表哥真的沒問題嗎？簡直就像是在惡犬身上還掛個「生人勿近」的牌子嘛！

「……我知道了。」

於是，賽恩同學被這樣被揪了出去，一上午都沒能活著回來。

莫忘鬆了口氣，無論如何，能被解圍真是太好了，否則她真的不知道該怎麼辦啊？！

可惜，她放心得太早了……

★◎★◎★◎★◎

午休時間，學生餐廳裡到處都是這樣的討論聲——

「喂，聽說沒有？今天一年級有個班轉來了個外國人。」

「哎？真的？」

「然後那個外國人當場向他們班裡的一個女生求愛了！」

「天啊！真的假的？」

「不對吧，我聽說是求婚啊。」

「咦？這個年紀可以結婚嗎？」

「似乎老外的國家可以吧。」

莫忘吐血：「……」請不要隨便亂傳這種她聽都沒聽說過的事情好嗎？！

「噗。」

「圖圖！」莫忘瞪向自己非常沒良心的損友，「妳居然笑？」

「抱歉，但是……」蘇圖圖捂住嘴，「小忘，妳的運氣真是……」才開學多久啊，有關於她的謠言就滿天飛了，什麼「女金剛」啊、什麼「變態色魔」啊、什麼「暴力虐待狂」啊，現在又……

「傳說中的新聞體質。」

林樓犀利的補刀讓莫忘一陣頭疼，她扶額，「妳們真是夠了……」她已經想哭了好嗎？

「不過……」蘇圖圖瞥了眼一直一言不發的石詠哲，「話說回來，如果那時候艾老師不來，妳會答應老外同學嗎？」

莫忘愣了愣，她歪頭思考了片刻，很老實的回答說：「我不知道啊。」

「……這是什麼答案？」

「因為——」莫忘攤手，「我又不會跳舞，對於舞會什麼的完全沒實感好嗎？如果非要邀請一個人才可以參加的話，我覺得誰都可以吧。」反正只是去湊湊熱鬧。

「這麼說……」蘇圖圖壞笑著指向石詠哲，「這位也可以嗎？」

石詠哲：「……」

莫忘：「……」

兩人下意識對視了一眼。

不知為何，石詠哲和莫忘都稍微覺得有些尷尬，後者的臉孔本來已經微微紅了，但一看到前者比自己更紅的臉孔，心中不知為何冒出了一點點「壞」水，於是挑起下巴，略女王氣勢的說：「如果他肯主動發出邀請的話，我可以稍微考慮一下。」和誰都無所謂的話，果然還是和最熟悉的人一起去比較好吧？

「……誰會那樣做啊！」

「那就算了。」難道還想讓她主動去邀請嗎？才不要！

「……」別這麼容易就算了啊！他那只是下意識的回嘴而已，完全不代表內心的真實想法啊！

蘇圖圖：「……」不行，這傢伙太蠢了，已經沒救了！果然還是從今天起支持老外吧！

林樓淡定的喝下自帶的茶，「同感。」

就在此時，莫忘覺得有什麼毛茸茸的東西蹭到了自己腿上，好在現在的她已經習慣了這種觸感，不像第一次那樣差點跳起來。而帶來這種觸感的——

「喵～」額頭上鑲嵌著紅色寶石的白貓抬起頭朝她叫了一聲。當然，在普通人看來，她只是頭上長了一撮紅毛而已。

莫忘心領神會的點了點頭，向好友們說：「我臨時有事，先走一步哦。」

沒錯，自從意識到自己上次公然將女孩從學生餐廳拖出給她帶來了困擾後，艾斯特現在一般都派布拉德．貝克漢姆來通知女孩：「陛下，又有好事可以增加魔力值了。」

蘇圖圖擺手，「去吧去吧。」

林樓一起擺起手，「小心點。」

兩位小夥伴也早已習慣這種突發狀況，故而並沒有什麼異議。

而石詠哲哪怕心中再糾結，也不能阻擋小青梅做正事啊……話說這隻白貓難道不是勇者的夥伴嗎？就這樣淪為魔王的爪牙真的沒問題嗎？！

第五章

學長哪有那麼八卦

跟隨著白貓一路走出學生餐廳後，莫忘微微鬆了口氣。說實話，雖然傳八卦的那些人沒有對她指指點點，但身處其中還是覺得壓力挺大的，此刻一走出來，她頓時覺得天高氣爽心情開朗。

「喵～」

白貓左右看了看，見沒有人，開口說：「妳走快點，怎麼可以讓艾斯特大人久等呢！」

莫忘：「……你到底為什麼那麼喜歡他啊？」

「誰知道！」

「哈？」

白貓輕輕的哼了一聲，蹲坐在原地，伸出一隻爪子捂住胸口，居然開始酸不溜丟地詠起了詩：「情～不～知～所～起～～一～往～情～深～～我這才是真愛！妳這個小丫頭魔王懂什麼！」

莫忘扶額，跨越種族的真愛嗎？她還是不要懂比較好。

「而且艾斯特大人送給我的小魚乾最好吃了～」

「……這才是真相吧！」

白貓炸毛：「住口，不許妳侮辱我純真的愛！」

莫忘完全克制不住自己想吐槽的欲望：「哪裡純真了？」

「……喵～」

「哈？」她愣了愣，蹲下身與白貓對視著，「怎麼突然又『喵』了？」

「喵喵～」

「……」這是怎麼了啊？莫忘疑惑的歪了歪頭。

就在此時，莫忘驀然覺得自己身後有一點異樣，下意識回頭間，她驚愕的看到一張湊近的臉孔，「啊！」

眼看著她將要被嚇得摔倒在地……

「啪！」

一隻手有力的抓住了她的手腕。

「……陸、陸學長？」

「好巧啊，學妹。」面對著莫忘驚訝的眼神，陸明睿笑嘻嘻的回答：「我突然覺得我們很有緣分。」

「哈？」

「妳看！」陸明睿用下巴點了點兩人此刻的造型——蹲在地上的女孩身體微微後仰，一手撐在身後的地上，另一手則被俯下身的他牢牢抓住。他緩緩用力，一邊幫女孩找回重心，一邊接著說道：「每次見面都這麼具有驚險色彩～」

「……」莫忘忍了又忍，最終還是禁不住說：「這完全是學長你的原因吧？」偷偷摸摸從背後接近別人什麼的，明明上次還保證過不會再像這樣打招呼！

「抱歉、抱歉。」陸明睿見莫忘站直身體，縮回手合十道歉，「一時不小心就忘記了之前的保證。」

站起身拍打衣裙的莫忘：「……」喂喂，明目張膽說出這種沒誠意的話真的沒問題嗎？

「主要是因為看到學妹妳太開心了。」

「……」都是她的錯嗎喂！

陸明睿注視著少女明明心中鬱悶得要死卻只能暗自腹誹的小模樣，心中笑得歡樂，雖然穆子瑜讓他重新調查這妹子，可憑外表與行為看，無論怎樣都是標準的軟妹吧？力氣大點的兔子難道就不是兔子了嗎？

不過，深挖之下，他倒是真的發現了一些有趣的事情。

「話說回來，學妹妳剛才蹲在地上和誰說話呢？」

「啊？我……」莫忘現在終於明白為啥白貓剛才突然開始「喵喵」叫了，原來是發現了這傢伙的到來。但是，她總不能直接說自己在和一隻貓說話吧？但是撒謊的話，又會被扣魔力值……

莫忘一時之間糾結了。

「喵～」

「原來是貓啊！」陸明睿露出恍然大悟的表情，笑道：「我還以為會是小人族之類的有趣生物呢。」

「……那種東西怎麼可能存在。」

「話雖如此——」陸明睿看向莫忘，兩人的目光在這個瞬間對上，「但總覺得如果是學妹的話，再奇異的事情也可能成為現實。」

莫忘微微怔住，不知道是不是錯覺，某一秒她覺得對方的目光銳利到了一種可怕的地步，然而那感覺轉瞬即逝，到最後簡直像是她無意中產生的錯覺。

還沒等她想個明白，陸明睿突然開口問道：「對了，學妹。」

「什、什麼？」

他露出個非常不懷好意的笑容，促狹的問道：「聽說今天有個外國人向妳求婚了？」

「……」能不提這事嗎？！

如果非要用四個字來形容莫忘此刻的內心感受，那無疑是——八卦黨都消失消失消失！

……超過四個字？

由此可見女孩內心的憤怒……看，把腦袋都燒壞了！

「看來是真的了。」陸明睿摸了摸下巴，狀似自言自語。

「才沒有！」如果面前有一張桌子，莫忘肯定已經將其掀翻了，「才沒有這回事！他只是邀請我參加萬聖節的舞會而已！而且我……」

「噗！哈哈哈哈……」

眼看著抱著肚子笑得前仰後合的陸明睿，莫忘露出了呆兮兮的表情，片刻後才反應了過來——她似乎是被欺負了？好想揍人怎麼辦……問題是對方又沒先動手……不能動手，待著又委屈，算了，她還是走吧！

誰知某人卻跟了上來，「學妹，別生氣嘛～」

不搭理。

「真的生氣了？」

無視。

「好小氣。」

聽不到。

「這樣吧，作為道歉，我幫妳約子瑜如何？」反正那傢伙八成也是打算強插一腿的吧？誰讓他對那位石學弟有那麼強的執念。如果不是足夠瞭解穆子瑜，陸明睿幾乎都要以為對方是求而不得因愛生恨了。

「……不用了。」這傢伙到底把朋友當成什麼了啊？

「不然，妳看看我怎麼樣？」陸明睿踮起腳尖，以芭蕾舞的姿勢轉了個漂亮的圈，停下後雙手扯起綁在腰間的外套，行了個女式的屈膝禮，而後不以為恥、反以為榮的自誇：「我可是非常擅長跳舞的哦！」

莫忘加重語氣：「不、用、了。」

「那麼……」

「陸學長。」莫忘定住腳步，鼓了鼓臉，轉頭看向陸明睿，這樣問道：「你知道鹹菜為什麼要叫鹹菜嗎？」

陸明睿愣了下，這是腦筋急轉彎？不過小女生似乎都挺喜歡這玩意，他很是配合的思考了一會兒，而後搖頭，以一種不恥下問的精神問道：「為什麼呢？」

「因為它很鹹！」

她說完後，頭也不回的離開了。

陸明睿站在原地，片刻後，再次笑了出來。他側首笑咪咪的注視著女孩的背影，這是在罵他閒得無聊嗎？玩得太開心了，就一不小心就忘記兔子急了也會咬人。

★◎★◎★◎★◎

莫忘的氣從來都是消得快，所以當她見到艾斯特時，面色早已恢復如常。而這次她所要做的好事，居然是幫學校附近的一家寵物店抓逃跑的倉鼠！

好在有艾斯特在，白貓很是配合的一一指出了小倉鼠們所在的地點，她再撲上！

說到這裡，她不由得暗自慶幸自己加持了敏捷屬性，否則怎麼可能和這些小動物們比速度？但話又說回來，堂堂魔王陛下居然淪落到跟老貓一樣四處抓老鼠的地步，也未免太悲慘了一點吧？

經過好一番折騰，莫忘終於成功的抓住了最後一隻逃跑的小傢伙，「艾斯特，籠子！」

一個籠子遞到她手邊。

莫忘連忙接過籠子將倉鼠塞了進去，再關上門，而後長長的舒了口氣：「終於……賽恩？」她驚訝的發現，遞上籠子的居然不是艾斯特。

「陛下……」賽恩單膝跪下，湛藍色的眼眸中滿是愧疚的色彩，如黃金般閃閃發光的髮絲此刻看來也很是黯淡，「請原諒我的愚蠢。如果不是艾斯特前輩提醒，我完全不知道自己的行為會給您帶來那麼巨大的麻煩。」

賽恩重重的垂下頭，「請責罰我。」

「不用這樣啦。」莫忘站起身，把籠子放到一邊的架子上，「你剛來這邊，犯錯誤也是難免的，再說你並沒有什麼惡意，不是嗎？」

賽恩依舊有點糾結：「可是……」

「以後注意就好。」

「……是。」

莫忘低頭注視著賽恩有些憂鬱的表情，感覺自己好像看到了被烏雲遮住的太陽，心中有些無語，這傢伙怎麼和艾斯特一樣，自覺犯了錯誤如果不被「懲罰」，就一臉悲痛——用林樓的話說叫什麼來著？哦，對了，抖M！這麼說，「欺負人」的她難道是抖S？

但既然如此……

她輕咳出聲：「但是，死罪可免，活罪難逃。賽恩，你願意用自己的行為洗刷罪過嗎？」

賽恩猛地抬起頭，果然精神恢復了不少，「是！」

「那麼……」莫忘當機了，該讓他做什麼呢？

此時，她看到不遠處的艾斯特稍微做了個掃地的姿勢，她瞬間大囧，這樣真的可以嗎？

彷彿猜出了她心中的疑惑，艾斯特點了點頭。

「咳，那麼從明天起，家中打掃的重任就交給你了。」真的沒問題嗎？

賽恩握拳，「我會努力的。」

「……」居然真的沒問題。

莫忘扶額，這些魔界來的傢伙到底是有多單純？不過，這樣似乎也沒什麼不好。她呼出口氣，微笑著朝單膝跪地的少年伸出手，「很好，起來吧。」

「是！」

賽恩一把握住莫忘的手，臉孔上再次浮現出燦爛的笑容。

艾斯特靜靜注視著眼前的情景，心中不由得浮現出莫忘之前曾對他說過的話——

「艾斯特，你覺不覺得，賽恩那傢伙笑起來和太陽一樣。」

而當時他則是微微一怔：「太陽？」

「是啊，好羨慕，我什麼時候能笑得那麼好看呢？」像穆學長一樣，像賽恩一樣……嘖，明明都是男性，卻比她這個女生笑得還好看是要怎樣啊！

莫忘當時的口氣中是滿滿的羨慕嫉妒恨，以至於她在得到他的回答前就跑開了。

——但是，陛下……

在少年和少女都沒有注意到的時候，艾斯特的臉孔與眼神柔和了下來，嘴角的線條微彎，露出了一個淺淡的笑意。

——陛下，您真的不需要羨慕任何人，因為對於我們來說，您才是真正的太陽啊！

★◎★◎★◎★◎

接下來的幾天如流水般滑過，轉眼就到了十月三十日。

雖然第二天才是傳說中的「萬聖節」，但並不妨礙學生們提前開始興奮，這一點從上課時被罰站的人數就可以看出。用數學老師恨鐵不成鋼的話說就是——「雖然人在坐在這裡，心卻都飛了！」

這時也不知道哪個促狹鬼男生在後面唱了一句：「我心飛翔心歐雷歐雷歐～～」（注：中國大陸知名女歌手孫悅的曲子《我心飛翔》。）

引得眾人一片歡笑。

老師被氣得鬍子翹了翹，最後也不自覺的笑了——歡樂的氣氛總是很容易感染到他人。

更何況在校長大人的開明態度下，學校的老師大多都不太古板，很能理解學生們青春期的躁動。雖然不可能抱持百分百的支持態度，但至少不會大力壓制。

也許是見課堂氣氛很好，有人甚至起鬨說：「老師你舞跳得怎麼樣？」

「老師來一個！」

數學老師淡定一哼，霸氣側漏的回答：「你們知道嗎？期中考的卷子正好輪到我出。」

學生們：「……」

數學老師：「呵呵。」

學生們：「……」老師你贏了！

這樣的情景，幾乎在每堂課上都能出現一次，而到了下午最後一堂課，歷史教師索性讓學生們自習。

「老師萬歲！」

「少拍馬屁。」

歷史老師是位二十來歲的女教師，剛來學校沒幾年，也很習慣和學生開玩笑。

「我要是繼續上課，你們八成又要在心裡罵我了。」

學生們紛紛起鬨——

「怎麼會？老師妳最善良了！」

「老師妳最溫柔了！」

大概是被這氣氛弄暈了，班上某個男生嘴巴一張就吐出了這樣一句：「老師我愛妳！」

「……」

片刻的沉默後，所有人集體哄堂大笑：「哈哈哈！」

「張社。」歷史老師抽了抽嘴角，朝那男生勾了勾手指頭，「來，跟我到辦公室走一趟，把你剛才那話再和班導師說一遍。」連老師都敢調戲了，這是想死的節奏嗎？

張社淚流滿面道：「老師我錯了……」

「來來來，別害羞。」歷史老師走過去，直接提著他的耳朵把人拎走了，「從你能說出剛才那話就能看出，害羞不是你風格。」臨走前，她還不忘威脅學生：「你們給我老實點，否則……哼哼，後果自負。」

「……」

所謂的「損友」大概就是——看到你不開心，我就開心了。

於是班上全員都很開心。

蘇圖圖更是笑得前仰後合，直拍身旁女孩的肩頭說：「小忘，張社這回慘了。啊，對了，明天妳別帶衣服來啊，我都幫妳準備好了！」

「……」她有不好的預感。

「妳那是什麼表情？」蘇圖圖表示自己很不滿。

「不信任的表情。」面對小夥伴，莫忘當然能實話實說，「妳準備的衣服……不會很奇怪吧？」

「怎麼會！大家這段時間穿的啦啦隊服就是我設計的，多漂亮啊！」

「……」更不信任她了怎麼辦？莫忘果斷的轉換話題：「對了，妳和小樓分別邀請了什麼人？」

林樓搖頭，「都沒有哦。」

「哈？」

「我早想好了，到時候會穿男裝！」蘇圖圖豎起拇指，「和小樓剛好湊一對，神仙眷侶不過如此！」

「……」她被排斥了嗎？

「別難過。」林樓伸出手，順了順莫忘的毛。

「對啊～」蘇圖圖點頭，「妳不是有備胎嗎？」

這幾天來一直沒找到機會邀請女孩的石詠哲膝蓋中了一箭，原因無他，他又想起了自家老爸之前的話——「再這樣彆扭，你這輩子就是個炮灰墊背備胎命！」

莫忘：「……喂！」

就在此時，坐在石詠哲身後的男同學拍了拍金髮少年的肩頭，問道：「說起來，賽恩，你有舞伴嗎？」

金髮少年很誠懇的搖頭，一臉燦爛的回答道：「沒有，我要做個合格的備胎！」雖然不太明白「備胎」是什麼意思，但應該就是小小姐陛下的後補跳舞對象吧？

男同學：「……」為什麼做備胎還能那麼開心啊？這不科學！

石詠哲：「……」做個備胎都有人搶？什麼世道！

★◎★◎★◎★◎

老師不在的時光總是過得飛快。很快，昭示著下課以及放學的鈴聲響起。

幾乎是同時，班上一些男同學跳起身發出了一聲嚎叫：「嗷！」

大部分同學雖然沒有像這樣誇張，但也都不自覺的笑了出來。恰在此時，他們聽到了從隔壁班傳來十幾聲類似的「狼嚎」，紛紛大笑不已。

哄笑聲中，蘇圖圖問向旁邊的莫忘：「小忘，今天是妳當值日生吧？」

「嗯。」莫忘點了點頭，沒錯，按照班導師孫老師排好的值日生表，今天剛好輪到她和石詠哲。至於賽恩，大概是由於剛轉來，還沒加入表中。

林樓也問：「要幫忙嗎？」

「不用啦。」莫忘擺手，關係越好越不用和對方客氣，如果真的需要幫忙她肯定會說。但現在只是掃地而已，兩個人足夠了，更別提她現在可是超級無敵大力士。

於是，約三、四分鐘後，班上只剩下了少年少女兩人。

因為班級規定的緣故，所有人離開時都將自己的椅子架在了桌子上，以方便值日生清掃地面。

莫忘站起身伸了個懶腰，「我們開始吧？」她指了指，「我這邊兩組，你那邊兩組。」

「嗯。」石詠哲也站起身，「我先去打點水。」現在秋意已經很深了，天氣又乾燥，掃地時很容易揚起灰塵，而莫忘從小時候起一嗆到太多灰塵就會嗓子疼。

「我也一起去吧。」

還沒等少年回答，少女已經一溜煙的跑到教室後面，提起了兩個灑水壺，又跑了回來，將其中一個遞到小竹馬的面前，「喏。」雖然一個人提兩個也沒問題，但面前這傢伙總是超級愛面子，所以還是算了吧。

因為考慮到衛生和氣味等問題，教學樓是沒有洗手間的，但是每一層樓的兩端都有洗手池。莫忘和石詠哲沒費多少時間就走到該處，將灑水壺擺到水池中，再打開水龍頭，嘩啦啦的水聲瞬間響起，這聲音其實並不算大，但迴盪在此刻寂靜的教學樓中，反而給人一種「很吵」的錯覺。

石詠哲悄悄轉過頭，注視著莫忘的側臉——她正認真的看著流動的清水，目光是那樣專注，以至於他甚至有些嫉妒吸引她全部注意力的自來水。不不不，現在的重點不是合格的備胎，而是……

「小忘。」

「嗯？」莫忘下意識的看他，「什麼事？」

「妳……」才一對上她清澈的目光，石詠哲的話音頓時停住，彷彿不知道該如何繼續。

莫忘皺了皺鼻子，有些不滿的問道：「到底是什麼事啊？」吞吞吐吐、猶猶豫豫的，一看就沒什麼好事！

「就是……明晚……」石詠哲輕咳了一聲，扭過臉看向遠處，插在褲袋中的手微微冒出汗珠，「如果妳還沒舞伴的話……」。

「？」

「和……和……」

如果此刻有人仔細看去，就會發現少年的鼻梁上甚至都冒出了一層汗。

「和我一起……怎麼樣？」到最後，他的聲音幾乎弱不可聞。

但女孩很明顯聽清了，而且很乾脆的答應了：「嗯，可以啊。」

「……」石詠哲此刻的心情很複雜，這種感覺就類似於——仔細複習了一個月後參加考試，結果老師出的考卷居然全是小學內容！

有成功過關的喜悅，然而也有……「原來只有我一個人在意這場考試」的苦澀。

一陣涼風襲來，他臉上滾燙的溫度逐漸散去。

「啊，水滿了！」

莫忘驚呼著關上了兩個水龍頭，將灑水壺從池中拎到了池邊，「回去吧。」

「……」

「喂，你發什麼呆啊？」莫忘一邊問著，一邊伸出手戳向石詠哲的臉。

「啪！」

一聲脆響後，她的手腕被石詠哲抓在了手心。

「？？？」

石詠哲注視著自家小青梅疑惑不解的表情，胸中情緒翻湧得更加劇烈，明明他心裡的感情早已滿溢到了覆水難收的地步，她卻依舊這樣茫然不知。在這種強烈的不平衡感的驅使下，他問出了這樣一句話：「其實，對妳來說，誰都可以吧？」

「哈？你說什麼？」

莫忘在與少年的目光相對的剎那怔愣了，在她的記憶中，石詠哲遺傳自石叔的漂亮眼睛向來充滿了神采，讓人非常羨慕嫉妒恨。但此時此刻，他漆黑的眼眸中卻充斥了某種壓抑的情緒，怎麼說呢？看起來……讓人覺得有點難過。

而少年的話語，同樣讓她覺察到了某種壓抑的味道，他說：「就算不是我……而是其他人，妳也會毫不猶豫的答應吧？」

莫忘：「……」這是很值得在意的問題嗎？她其實壓根沒有想那麼多啊！

可是這樣的話語，在看到對方的眼神後，她無論如何都說不出口。
四目相對，氣氛一時間沉澱了下來。
片刻後，莫忘最先反應了過來，她小心翼翼的問：「阿哲，你這是生氣了？」雖然不知道是為什麼，但明顯是生氣了吧？
「……」
石詠哲有種強烈的想要嘆息的欲望：她還是一點都不明白……
與此同時，他腦中突然響起了自家老爸說過的話：「你這個蠢蛋，自己不說鬼才會明白！好男人可不會把自己的懦弱推卸為別人的遲鈍，誰也沒有『必須要理解你』的義務。」
莫忘還在拚命的想眼前這傢伙到底為什麼生氣，卻突然聽到一聲——
「對不起。」
「啊？」
「我說，對不起。」石詠哲真心誠意的道著歉。老爸說得對，自己這脾氣發得實在是太無理取鬧了，本身……他自己就從沒有說清楚過，又有什麼資格責備她的「不知道」呢？
「……你今天好奇怪。」都說女人善變，莫忘突然覺得男人也差不了多少，完全無法理解了好嗎？

「但是，對我來說——」石詠哲深深的注視著莫忘，接著一字一頓的說：「我只想和妳一起去。」

「……哈？」莫忘呆住，這傢伙又在說什麼沒頭沒腦的話呢？

而僅是說出剛才那種類似於「表白」的話語，就幾乎費盡了少年所有的勇氣，他漲紅著臉再次看向別處，只時不時用眼角餘光偷瞟著女孩的臉。

「啊！」片刻後，莫忘終於露出了恍然大悟的表情，「我明白了。」

石詠哲的小心肝一陣狂跳。

「放心吧，就算沒人願意和你一起去，至少還有我嘛！」什麼啊，原來是擔心她答應了別人，就沒人願意和他一起去了嗎？早說嘛！好歹有這麼多年的感情，無論什麼時候她都肯定不會丟下他一個人啊！

「……」

莫忘笑著問道：「現在可以安心了吧？」

石詠哲喃喃道：「安心……」

莫忘連連點頭。

他突然加大音量：「個鬼啊！」

莫忘：「……」

少年終於忍無可忍的鬆開自家小青梅的手，再一指頭戳到她腦門上氣急敗壞的說：「妳的腦子是壞的嗎？」居然能把他的……理解成這種詭異的意思！

「痛……」莫忘抱住腦袋，你幹什麼啦？」

「誰說沒人願意和我一起去的！」

「不是你自己嗎？」

「我才……」

於是，最終又變成了這種悲劇。

因為放學後的教學樓幾乎沒人的緣故，兩人也就沒壓抑自己的嗓門和情緒，而話題則是越來……咳，越幼稚……

比如——

「只要我想，願意和我去的人多的是！」

再比如——

「信不信我不和你一起去了？！」

再再比如——

「那麼，和我一起如何？」

「好啊！」莫忘下意識的回答後，才後知後覺的意識到了什麼不對。哎哎哎哎？剛才那聲音……

而站在她對面的石詠哲已經炸毛了：「你來做什麼？！」

「石學弟，不用那麼緊張，我只是聽到教學樓有非常大的喧鬧聲，所以過來查看一下而已。」穆子瑜微勾起嘴角，注視著對方明顯已經火冒三丈的表情，心情非常的愉悅。

莫忘連忙道歉：「對不起，學長，我們不是故意的。」

「沒關係。」穆子瑜搖了搖頭，「不過放學後還是早點回去比較好，太晚了不安全。」

「嗯！」穆學長果然是好人……

完全不知道自己被發了好人卡的穆子瑜：「……」剛才那一瞬間似乎寒了下，錯覺嗎？算了，無所謂，他朝兩人點了點頭，「我還是去查看禮堂的布置工作，就不打擾你們了。」

石詠哲非常不客氣的回答道：「你知道是打擾就好。」

「喂。」莫忘偷偷的用手肘戳了下石詠哲，心中卻很是疑惑，這傢伙到底為啥那麼討厭穆學長啊？難道兩人有著什麼她所不知道的過節？

後者輕哼了聲，卻沒有再說些什麼。

毋庸置疑，從第一次見到眼前這個人起，石詠哲就對這傢伙充滿了強烈的厭惡感。這種感覺並非是建立在交談或者相處過的前提上，只是一種天然的直覺，而且他沒來由的相信，對方其實也是一樣。

區別只在於，對方用微笑的外表遮蓋了這種事實，而他從一開始起就懶得偽裝。討厭就是討厭，表現出來又如何，這傢伙能把他怎麼樣？

「那麼，我先走一步。」穆子瑜轉身走了幾步，突然定下身形，轉過頭朝莫忘綻放出一個溫和的笑顏，「學妹，明晚我在禮堂門口等妳。」

「……哈？」莫忘呆住，啥啥啥？

「剛才不是約定好了嗎？」

「……」她只是隨口回答啊，他居然當真了？！

「明天見。」

在莫忘說出更多的話之前，穆子瑜轉身離開，行走間，嘴角的笑意正漸漸斂去。他的確不能真的把那位石學弟怎麼樣，但是，他卻能輕易搶走其手中的珍寶。也唯有這樣，才可以稍微平息他內心深處那從第一次見面起就燃起的名為「厭惡」的烈焰。

——明明起點完全相同，為什麼他就可以什麼都有呢？

——這也未免太過不公平。

有句話叫「到嘴的肥肉被狐狸叼走了」，說的大概就是石詠哲現在的情況。

雖然心中怒火那個沖天，可他卻不能真的上去揍人，因為他很清楚，這樣做反而會落了對方的下懷。

雖然在女孩的眼中，少年是個「蠢蛋」，但不得不說，大部分情況下，他真的比她要聰明許多。所謂的「蠢」，只是因她一個人犯而已。

莫忘：「……」好吧，她直到現在都沒反應過來，剛才穆學長是在耍無賴嗎？突然有種偶像掉落凡間的破滅感。

「回去吧。」

石詠哲說了這麼一句後，雙手提起兩個灑水壺，率先朝教室的方向走去。

「阿哲……」莫忘愣了下，才「嗯」了聲跟上去，只是路上時不時……好吧，是一直關注著竹馬的臉色。

「……」連偷看都不會嗎？這傢伙到底是有多笨拙。

石詠哲的內心很是無語。

但是，他其實並沒有真的生女孩的氣。雖然之前就有點模糊的感覺，但在剛才的一剎那，他確定了一點——穆子瑜那傢伙真的是衝著他來的。

從某種意義上說，她是被他連累的。

而對方的手法簡直像是簡單又直白的洩憤，或者說，那小白臉就是故意像現在這樣把一切揭開給他看，明目張膽的昭示出一句話——你不快活了，我就快活了。

既然如此，那麼像今天的事情遲早是會發生的，只是時間早晚的問題而已。

但是，只是討厭而已，有必要做到這個地步嗎？

難道說……

石詠哲的心中突然湧起一個猜測，他決定回去問一問自己那彷彿「無所不知」的老爹，或許能真的得到答案也說不定。

★◎★◎★◎★◎

因為心中有事的緣故，石詠哲非常淡定的和莫忘一起掃完地、倒完垃圾，再散步回家。

一回到家，石詠哲連書包都沒丟下，就去直接找端坐在沙發上「養老」的老爸石宇澤，卻沒有馬上開口，而是思考著該從何問起。

就在此時——

「死心吧。」

穩坐如山、八風不動的石叔突然開口：「再看你也不會比我英俊。」

「……誰在乎這個啊！」真是的，這傢伙到底是有多自戀？一天不打擊他心裡就難受嗎？！

「閉嘴，人生的 loser 沒有資格和我說話。」

石詠哲果斷的炸了毛：「誰是 loser 啊！」

石叔放下報紙，因為老婆不在，毫不客氣就輕嗤出聲：「一看你那張倒楣的臉就知道，又失敗了吧？」

「……」

「果然。」他搖頭嘆氣，這蠢孩子到底像誰呢？不會真在醫院抱錯了吧？

「才沒失敗！」石詠哲下意識的回嘴，他是真的有邀請到她，只是……

「真的？」他用懷疑的眼神看著自家兒子。

石詠哲：「……」面對這樣的老爸，他能說啥？他唯有默默轉移話題：「老爸，你知道穆家嗎？」

「穆家？」

「嗯。」

石叔思考片刻後，臉上露出一個盡在掌握的微笑，「原來如此。」

石詠哲打起精神：「什麼？」老爸果然知道嗎？

「你原來被人截胡了啊！真是不中用。」

「……」他只是稍微問一下而已，為什麼老爸會知道的這麼清楚！

「不過，說起穆家，我倒是想起了一件事。」石叔伸出右手的食指和中指抵了抵額頭，這是他思考時的獨特動作。回憶了片刻後，他問道：「那個和你過不去的孩子，是不是比你大一歲？名字我記得是叫……唔，子瑜？」

「對，就是他！」

「是嗎……」隨即石叔再次陷入了沉思。

石詠哲安靜的在一旁等著，直到將近十分鐘過後，他才忍不住喊了下自家老爸：「老爸……老爸？」

「啊？」石叔扭頭看了一眼自家蠢兒子，目光中滿是疑惑，「你怎麼還在這裡？」

「……你夠了啊！」要不是為了等他思考的結果，誰會跟個傻子似的站著啊！

「哦，那孩子啊。」石叔懶洋洋的擺了擺手，「如果我沒猜錯的話，他針對你完全是個人行為，不用在意。」

「……」

「還是說，你搞不定人家，想要求我幫忙？」鄙視臉看。

石詠哲矢口否認：「誰要你幫忙啊！」

石叔點頭，「那就好，再怎麼說你也是我兒子，別在外面給我丟人啊。」

「……」到最後，他完全什麼都沒說好嗎？！

不過，也不是什麼資訊都沒有透露。

起碼石詠哲心中明白了一點，那就是穆子瑜那樣針對他還真的有什麼特定的原因，老爸不肯說，八成不是理由太重要，而是因為在他看來挺「無聊」。

且不論這邊石詠哲心中翻騰著的猜測，隔壁屋子中，莫忘也很是疑惑。

原因無他，在她看來石詠哲實在是淡定過頭了，正常情況下他難道不該像之前那樣大哭大喊鬧情緒嗎？

（石詠哲表示：那是六歲以前的事情了好嗎？！）

——難道是突然長大了？不，正常人不會長得那麼快吧！

也許是她煩惱的表情太過明顯，向來不會逾越的艾斯特都忍不住開口問道——

「陛下，您是有什麼煩心事嗎？」

格瑞斯竄過來，一腳踹向艾斯特，「陛下，就讓我格瑞斯來傾聽您的煩惱。」

賽恩則直接從沙發背後冒了出來，「陛下，是因為備胎太多無法選擇嗎？」

「……」她這是被諷刺了嗎？

可一看金髮少年的表情她就知道，這傢伙沒有半分嘲諷的意思，只是說出了內心的真實想法，可這樣更讓人無語凝噎好嗎？用蘇圖圖的話這叫啥來著？哦，對了，天然黑！

不過，俗話說「三個臭皮匠，勝過一個諸葛亮」，大家一起探討探討似乎也不錯。

於是莫忘說：「你們覺得，什麼情況會讓一個男生突然成長呢？」

三人一起思考了起來。

「我知道！」格瑞斯舉手，「陛下，請讓我為您解惑。」

「嗯，你說。」

紫髮青年先是挑釁的瞥了自己的宿敵一眼，才如此說道：「在魔界有一句俗語——戀愛令人成長。」

「……不、不會吧？」石詠哲？戀愛？總覺得那傢伙和這個詞完全絕緣好嗎？而且，一見到穆學長他就成長……戀愛……總覺得哪裡不對！

不行，再想下去好像會踏入什麼未知的新世界，停止！

就在此時，面癱青年開口了：「格瑞斯，那句話應該是『婚姻令人成長』吧？」

「……閉嘴！我說戀愛就是戀愛！你這種一大把年紀都沒妹子敢靠近的傢伙懂什麼！」

賽恩疑惑的說道：「兩位前輩，我怎麼記得好像是──孩子令人成長。」

「……」X2

莫忘默默腦補起自家小竹馬抱著孩子手忙腳亂的情形，情不自禁的噴笑出聲：「哈哈哈……」真可惜她不會畫畫，否則一定要畫出來送給他！

「……」X3

而後三位青年默默的用眼神交流了起來──

格瑞斯：陛下這是怎麼了？

賽恩：突然就笑了，我們說了什麼很可笑的話嗎？

艾斯特：陛下笑自然有她的道理。

賽恩：說得也是。

格瑞斯：艾斯特，你這個溜鬚拍馬的傢伙，來戰！

艾斯特：……

★◎★◎★◎★◎

第二天轉眼來到。

雖然白天放假，但莫忘還是很早就離開家門，不是去學校，而是去找小夥伴蘇圖圖。即便一直喊著「要和土豪做朋友」，但其實蘇圖圖自己也算得上是個「土二代」了，她家的製衣廠規模不小，據說有不少高級品牌的服裝都是由她家代做的。不過，還是學生的莫忘對此倒是沒什麼概念，只知道不少人都說找自己的小夥伴能買到「又便宜又好」的衣服。

三人相處時，蘇圖圖偶爾也說過自己家中的情況，好像她的父母是晚年得女，上面還有兩個「整天欺負人」的哥哥。話雖如此，她說話時臉上的笑容卻是很愉悅的，可見一家人的感情應該很好。

而家中非常寵她，也非常支持她「愛自主設計服裝」的興趣，甚至誇張的幫她在學校附近租了間小店面，裡面除了販賣一些普通衣服外，偶爾會出售蘇圖圖設計好後找工廠做出的服裝，每種尺寸只有一件，賣掉也不會再做。

大概是因為年紀相當的緣故，她設計的衣服雖然出貨量少又時間不定，卻出乎意料的受到學生們的歡迎，不少學生沒事就愛來逛一下，看能不能掃到貨。然而，知道這家店鋪是蘇圖圖家的只有寥寥數人，莫忘無疑是其中之一。

「小忘！這裡、這裡！」

才剛走到店鋪附近，莫忘就聽到了這樣的叫聲，一抬頭，兩位小夥伴正站在店面的二樓朝她揮手。

莫忘也笑著回揮了下，而後走入店鋪。

一樓端坐著一位四十來歲的婦女，是這家店名義上的「老闆」。因為莫忘不是第一次來玩，又向來很有禮貌，她一見莫忘就笑開了：「她們都在樓上。」

「謝謝阿姨。」

「不客氣。」

莫忘才走到一半樓梯，向來心急的蘇圖圖已經跑下樓一把拉住了她的手，「快上來，等妳好久了！」

跌跌撞撞跑著的莫忘說道：「還有時間，妳急什麼嘛。」

蘇圖圖理所當然的回答說：「問題是我幫妳們每人都做了五、六套衣服啊，要好好試穿才可以！」

「……」救命！

上樓後，蘇圖圖「猥瑣」笑著朝莫忘伸出雙手——

「嘿嘿嘿嘿，來，不要害羞，脫吧！」

「哎呀呀，皮膚真好啊，嘿嘿嘿嘿……」

「身材也不錯嘛……嘿嘿嘿嘿嘿嘿嘿……」

莫忘終於沒忍住發出了尖叫聲：「不不不不不不要啊！！！」

與此同時，正蹲在屋頂偷聽……不對，是保護魔王陛下的艾斯特和格瑞斯默默輕咳出聲，以至於忘記看好賽恩，於是第一次遭遇這種情況經驗不足的金髮少年，居然直接從屋頂跳到了二樓的窗口處，毫不猶豫的破窗而入——

「住手！」放過那個小小姐陛下……咦？

其實蘇圖圖只是叫得厲害而已，她才剛剛扒下莫忘的外套，順帶把裡面的衣服往上一捋，露出了一小截如蓮藕般白嫩的腰肢。她正用眼神招呼林樓上來幫忙呢，卻突然聽到玻璃碎裂的響聲，還沒等幾人反應過來，就見一位金髮少年突兀的出現在了屋內，腳踏著滿地的碎玻璃。

少年：「……」

少女們：「……」

不得不說，這種情況對於雙方來說都是個悲劇。

賽恩其實挺無辜。

他只是聽到小小姐陛下在呼救啊！而且……咳咳咳，陛下疑似被做了很過分的事情，這種事情怎麼可以原諒！於是他想也不想就踹破窗戶衝進了屋內。

相較而言，妹子們明顯更加無辜。

關係好的女孩子一起換衣服是非常正常的事情，尤其是其中有一位性格活潑時，總會玩鬧得特別厲害，互相揩點小油壓根不算什麼，反正都是女生嘛，妳有的我也有……咳咳咳，普通男生都知道不能把她們此時叫出的話當真，可問題就在於，賽恩他不是「普通」男生啊，他是少數民族……不對，魔族。

幾人面面相覷了片刻後，莫忘終於後知後覺的一把扯下自己的衣服，又想起來自己似乎該叫，於是……

「啊！！！」

雖然莫忘其實並沒有被看光什麼，但是吧，這種事情真的是要從現實情況來分析的。許多妹子能夠穿著泳衣去很多人聚集的沙灘，卻不代表她們可以接受別人偷看她們穿內衣的模樣啊！雖然布料差不多，但主動與被動的本質差太多了！

莫忘也是一樣，雖然只被看去了小蠻腰，但問題是這不是出自她自願的好嗎？

而她這一聲叫，也將賽恩從怔愣中喊回了神來，他連忙單膝跪下，垂首請罪：「真是萬分抱歉，小小姐……」他記起前輩的吩咐，連忙將後面的「陛下」二字吞了下去，結果不小心就忘記自己該說些啥了。偏在此時，他的腦海中突然浮現出自己看到的一幕……

賽恩連忙將其揮散，卻順帶忘詞得更加厲害，「我……我……」

大概是因為有時間作為緩衝，莫忘也已經冷靜了下來，她深吸了口氣，總算大致猜到了事情的始末，簡而言之——這真是一個令人悲傷的誤會。

「啊啊啊啊！」

就在此時，蘇圖圖卻叫了起來。

莫忘：「……」被看的又不是她，叫啥？

「我的玻璃！」

「……」重點在這裡嗎？

「我今天剛剛擦過啊，早知道要碎我就省點力氣了！」蘇圖圖抓狂了。

「……」

然而，這句看似普通的話卻默默在金髮少年的心頭補了一刀，他的頭瞬間垂得更低了。而後，他不知從哪裡摸出了一把短刀，用雙手恭謹的奉上，「請懲罰我。」

莫忘扶額，該說他真不愧和艾斯特是前輩後輩的關係嗎？某種意義上還真是如出一轍。

蘇圖圖的臉瞬間變成了個「囧」字，她終於忍不住悄悄對兩個小夥伴說：「他把我們當什麼了？黑社會嗎？」正常情況下道歉需要動刀子嗎？

林樓沉默片刻後，很是犀利的說：「既然不是我們的問題，那就是他自己的問題。」

莫忘：「……」小樓真是「真相帝」。

但莫忘心裡明白，事情到了這個地步，無論如何她都應該負點責任。於是她走上前去，一把拿起少年手中的短刀，「這種時候就算捅你一刀也毫無意義吧？」

「……」賽恩抬起頭，目光很是黯淡，整個人看起來像是雨天的時候縮在牆角處的金毛大狗，讓人感覺可憐極了，「小小姐……」

「而且你真正該道歉的人不是我。」莫忘回頭指向自己的小夥伴，「而是房子的主人。」

賽恩愣了短短一瞬後，連忙站起身，走上前朝蘇圖圖致以歉意，行禮的動作稍微有點奇怪，莫忘覺得那大概是魔界的習俗。不過不管怎樣，不是跪著求原諒就好，那樣做的話真要嚇死人了！

其實她真的想太多，無論是艾斯特還是賽恩，能夠在無數人中脫穎而出成為魔王的守護者，足以證明他們的優秀。像這樣的人，哪怕脾氣再好，心中也自有一番傲氣，怎麼可能容忍自己向除了「魔王陛下」之外的人行代表「全身心拜服其下」的跪禮呢？

「好了、好了，沒事了，大家都是同班同學，而且你的本意也是想救人。」蘇圖圖很大方的表示既往不咎，順帶八卦了下：「你怎麼會衝進來啊？」

賽恩猶豫了下，還是選擇實話實說：「……我聽到了小小姐的呼救聲。」

「你的耳朵到底是有多靈！」蘇圖圖真心無語，她很清楚，自家房子的隔音效果還是不錯的，而且正常人聽到別人呼救，會直接爬上二樓踹破窗戶嗎？難道不該從一樓走樓梯嗎？！這傢伙自以為是跑酷高手嗎？不走尋常路什麼的……

賽恩誠懇的說道：「我會賠償的。」

「唔，錢就不用了，我不缺。」

莫忘：「……」土二代妳這樣真的沒問題嗎？她這個窮人都流出悲傷的眼淚了好嗎？

「不過……」短髮女孩摸了摸下巴，賊兮兮的笑了，「你的那把短刀挺漂亮的，晚上能借給我用用嗎？」

「當然，沒有任何問題。」賽恩連忙點頭，「如果妳喜歡的話……」

「不用了，我平時又用不到。」蘇圖圖搖了搖頭，隨即握拳，很是開心的說：「不過真是太好了，我正擔心那套王子裝沒有合適的武器呢。」

直到此時，莫忘才仔細的觀察了下蘇圖圖手中的短刀，不得不說，它的確很漂亮。刀身如新月般微彎，構成了一個美好的弧形，刀鞘的正中央是黑色的皮革，兩側則與刀柄一般是銀白色的。莫忘分不清這到是什麼金屬，只是摸上去覺得觸手生涼。

刀本身並沒有什麼華麗的裝飾，但如果對著光線仔細看去，會發覺上面似乎銘刻著什麼魔紋，甚至會給人一種「它正在緩緩流動」的錯覺。只是自刀柄落下的類似於流蘇的物品上，綴著一顆顯眼的漆黑石頭，看上去有點像黑曜石，但莫忘直覺它不是。

正觀察間，她的小夥伴眼珠子轉了轉，瞬間又想出了一個餿主意：「賽恩，你要不要加入我們？」

賽恩呆住：「啊？」

蘇圖圖果斷的下了決定：「就這麼說定了！」

「……咦？」

於是，兩位「潛伏」在樓頂的青年，接下來所聽到的「慘叫聲」中，也包含了金髮少年的一份。

格瑞斯：「……」本來還稍微有點羨慕賽恩那傢伙，現在看來……呵呵呵呵呵！

艾斯特：「……」

雖然好像沒啥心聲，他額頭上卻流出了一滴顯眼的汗珠。

★◎★◎★◎★◎

一天的時間轉瞬即逝。

下午五點半時，收拾齊整的女孩們決定一起去學校。

臨走前，莫忘再一次看了下自己的手機，卻……

「還是不行嗎？」

莫忘轉頭看了看自己的小夥伴，搖了搖頭，「嗯，一直沒人接聽。」

「這樣啊……」

「那也是沒辦法的。」莫忘嘆了口氣，「畢竟……算了，反正待會也能直接見到。」

「小忘，走了！」

「好！」

蘇圖圖果真如她自己所說的那樣，一身上藍下白的王子打扮，短髮上戴了一頂金色的王冠，腰間那同樣金色的綬帶上斜挎著短刀，背後還非常騷包的披上一條大紅色的披風，看起來本來應該是霸氣側漏，但是上身的泡泡袖和下身的燈籠褲，將這份「霸氣」活生生轉化為了「可愛」。

「出發吧，我的後宮們！」

「……」X3

不過，她這話也說得並無道理。

後宮之一的林樓，微捲的長髮披散下來，無須裝飾就很美麗，所以只簡單的在頭上頂了一個象徵「身分」的金色光圈，身上則是穿著一條白色的紗裙，背後再配上一對潔白的羽翼，身分已然呼之欲出——天使。

而後宮二號則是……

咳咳咳，賽恩！

頭上戴著藍色海星髮夾的他苦著臉，提著身上金色魚鱗狀的長裙，心中那叫一個淚流滿面：這個世界的女孩真是太可怕了！前輩，小小姐交這樣的朋友真的沒問題嗎？真的真的沒問題嗎？

沒錯，賽恩所裝扮的角色正是小美人魚。

不得不說，女性的化妝技巧還真是神奇，林樓只稍微在他臉上描繪了片刻，就將標準的少年轉化為了雌雄莫辨的感覺，蘇圖圖還不知從哪裡找出了一頂金色的長捲髮幫他戴上。

莫忘可以肯定，如果不是熟識者，第一眼肯定認不出這傢伙居然是賽恩。而且……漂亮過頭了吧喂！一個男生裝扮過後居然漂亮到讓女生嫉妒的地步，簡直是太拉仇恨了！

這莫非就是蘇圖圖一直掛在嘴邊的「偽娘」？但她總覺得哪裡不太對……

而後宮三號……

第六章

萬聖節舞會哪有這麼恐怖

穆子瑜向來不喜歡遲到，無論是別人，還是自己。

所以他提前到了禮堂附近，因為內部的裝飾工作一直是由他監督檢查，所以別人對他出現在門口的行為並沒有任何疑惑。路上還有幾個大膽的學姐學妹試著提出邀請，都被他微笑著一一拒絕了。

眼看著時間差不多，他從褲袋中拿出了手機，翻看著其上無數條未接電話，微微一笑，開始回撥。

不過幾秒後，電話便接通了。

女孩的聲音從那邊響起：「請問，是穆學長嗎？」

「是我，妳是？」

「我是莫忘。」

「哦，莫學妹啊。」穆子瑜放柔聲音，「我已經在禮堂門口了，妳在哪裡，需要我去接妳嗎？」

「……不、不用了。」

「學妹，不用和我這麼客氣。」

「……」

穆子瑜嘴角的笑意加深：面對這樣的說法，學妹，妳真的能成功說出拒絕的話語嗎？

沉默片刻後，穆子瑜再次開口：「學妹，妳……」話音戛然而止。

因為，他在這一刻，看到了從遠處走來的少女。

大約是因為心中有著「煩惱」的緣故，她的腳步很是緩慢。

不得不說，女孩的裝扮真是出乎他的意料，因為她居然穿著一身純黑的裙子，它是粗吊帶式，裡面搭配著潔白的襯衫，領口處還繫著大紅色的蝴蝶型領結。

此刻，她一手提著及膝的裙襬，另一手拿著手機，臉孔上滿是糾結的神色，黑白相間的絨襪勾勒出她纖細的小腿，漆黑小巧的高跟鞋一下下踏在地面上，從穆子瑜所處的方位，可以清楚的看到其上的紅色蝴蝶結在秋風中微微顫抖。

如果說這些還不足以證明她的身分，那麼濃密髮間露出的那兩隻紅色的小角以及背後那對黑色的羽翼，已足以證明一切——

惡魔。

不過，比起成年的惡魔，倒更像是從魔界學校中逃出來的小惡魔學生吧？

但是……

穆子瑜微眯起眼眸。

卻沒有任何違和感，好像她天生就該穿成那樣。

、明明她本身怎麼看都與「惡魔」這個詞南轅北轍。

就在此時，正在疑惑著「學長為啥話說到一半就沒聲音」的莫忘也注意到了學長，她呆兮兮的停下腳步站了會，才恍然大悟般的一把按掉了手機，朝穆子瑜揮了揮手，隨即一路小跑了過去。

好在路途並不太長，再加上她加持了敏捷，所以跑到時並沒有怎麼喘氣，「學長。」

「晚安，小惡魔學妹。」

「啊？」莫忘又愣了下，隨即不太好意思的笑了，「學長你的裝扮是……」她歪著頭看向穆子瑜，而後突然發現他們兩人居然穿得很像——穆子瑜的身上穿著夜一般漆黑的燕尾服，除此之外的配件僅有白襯衫和紅色領結——和她一樣是三色搭配啊喂！

「猜不出來嗎？」

「……」正為難間，莫忘敏銳的觀察到了某個細節，「你的嘴……不對，牙！」尖尖的……難道是，「吸血鬼？」

「沒錯。」穆子瑜表情溫柔的笑了起來，「真巧，和學妹一樣，都是黑夜的眷屬呢。」

「呃……」其實她也想當小天使啊，問題是蘇圖圖那傢伙非說這個比較適合她。

「不過，這也是一種奇妙的緣分。」穆子瑜說著，朝莫忘伸出了手，「今夜，妳是我命中注定的舞伴……」注視著莫忘瞬間紅了的臉孔，他不動聲色的接著說了下去：「不知從哪裡看到過這句話，用在現在這種情況也很合適吧？」

「……」

注視著莫忘羞窘的表情，穆子瑜心中暗自輕嗤。

沒錯，從最開始他就知道，她對自己有著某種非常深厚的好感，和其他女生一樣，明明完全不瞭解他是怎樣的人，卻那麼容易生出這種不切實際的感情，膚淺又可笑。

既然如此，順理成章接受他的邀請不就可以了，為什麼要做「出爾反爾」那種麻煩的事呢？還是說，那位石學弟直到現在都沒有放棄努力？

他不可能讓石詠哲得償所願，但也不能讓她說出類似於「拒絕」的話語，因為即便再討厭石詠哲，他的自尊也不允許自己做出類似於「挽留」的事情，因為她對他來說並不是什麼重要的東西。

而莫忘，也的確如穆子瑜所猜測的那般在糾結掙扎，當然，和穆子瑜想的又稍微有點不同，大概類似於——學長是個好人，該怎麼拒絕……才能讓他不會覺得尷尬呢？

「學妹？」

「啊？」

穆子瑜稍微晃動了下伸出的手，問道：「發什麼呆呢？」

「我……」莫忘在這一刻終於下定決心，怎樣說話應該都無所謂，因為學長這種好人，一定能夠理解她的，「對不起，學長，你還是找其他人當舞伴吧。」

「……」

她雙手合十：「真是非常對不起！」

莫忘絲毫不知道自己的話簡直是在朝某人的臉上抽耳光，而且是「啪啪啪」作響的那種。她真心覺得自己做的沒錯啊，昨天她無意中得知，穆學長算是這場舞會的主辦者，而主辦者……是要跳開場舞的，問題是作為舞伴的她卻完全不會跳舞好嗎！

當然，她也嘗試努力過，真的！莫忘的思緒不由得回到了——

★◎★◎★◎★◎

昨夜，晚上七點。

眼看著艾斯特已經洗完碗，莫忘磨磨蹭蹭的走了過去：「艾斯特……」

「陛下？」

「你……咳，你會跳舞嗎？」莫忘略尷尬的望著天花板，「會的話，能教我嗎？最簡單的那種就好……」

「得到您的信任，是我的榮幸，但是……」艾斯特頓了頓，如此說道：「恕我直言，這種事情的話，找格瑞斯比較好。」

「哎？」

「當然。」紫髮青年不知從哪冒了出來，與髮絲同色的眼眸中閃耀著驕傲的神色，「我可是公認的──『魔族最優雅舞姿獎』獲得者。」

「……」那種亂七八糟的獎項是怎麼回事？不過，算了，能教就行！莫忘深吸一口氣，對紫髮青年說：「那麼，格瑞斯，能麻煩你嗎？」

「當然。」格瑞斯優雅的一躬身，握起莫忘的手貼至額頭，「這是我的榮幸。」

然而，幾人都沒有想到，接下來會遇到那樣的悲劇。

格瑞斯耐心而語調輕柔的說道：「陛下，我們先放慢動作來跳，您按照我喊的節拍走動即可。」

莫忘用力點頭，「我明白了！」

「一、二、三……嗷！」格瑞斯慘叫。

莫忘連忙道歉：「……對不起！我不是故意的！」

格瑞斯搖頭，安慰她：「沒、沒事，我們繼續。」

「一、二……嗷！」

「對不起……」

「沒、沒關係，再來。」

「一……嗷！」格瑞斯吐血：陛下，您越跳越差是鬧哪齣啊？

莫忘：「……」救命！一踩人就緊張，一緊張就更容易踩人了怎麼辦？

如此十分鐘後──

格瑞斯看著自己足足高出了幾公分的腳背淚流滿面，含淚提議：「陛、陛下，不如我們先學習繞圈如何？」

莫忘尷尬的點頭，「也可以啊……」或許在這裡她能找回自信也說不定。

於是……

格瑞斯解釋：「我這麼一轉手，您就……陛下？？？」

「對、對不起，我從小一轉圈就容易暈……」差點摔倒在地的莫忘扶額，心中突然浮現出一句出自項羽的名人名言：此天之亡我！

「那麼這樣好了。」格瑞斯又出個主意，「我只做個動作，實際上由陛下您來發力。」

「嗯。」

「那麼，轉……嗷嗷嗷！！！」

莫忘目瞪口呆的注視著被自己甩丟出去的青年，愣了好半天才反應過來，衝了上去急道：「格瑞斯你沒事吧？我不是故意的啊！」

圍觀的艾斯特：「……」陛下……

圍觀的賽恩：「……」雖然最開始稍微有點羨慕格瑞斯前輩，但現在看來……咳咳咳，果然哥哥說得沒錯，跟著艾斯特前輩才有肉吃。

被甩出去的格瑞斯：「……」雙眼冒圈圈中。

好半天，圈圈才消散，他顫顫巍巍的站起身，「陛、陛下，我們再來一次……」

莫忘猶豫著問：「真的沒問題嗎？」

格瑞斯堅強的點頭，「沒事，我還撐得住。」

接下來……

「嗷！」

「啊！」

「嗷嗚！」

在以各種姿勢被扔出去十幾次後，格瑞斯終於忍無可忍抱住莫忘的大腿痛哭流涕：「陛下，您恨我可以直說，請別這樣虐待我……」QAQ

莫忘：「……」她真的不是故意的啊！只是不知道為什麼，她一跳舞就無法控制力度啊啊啊啊！

這真是一個悲傷的故事！

★◎★◎★◎★◎

回想至此結束。

如果再給莫忘一段時間多加練習，也許她還能有點自信，但問題是來不及啊！想想看，在眾人的圍觀下，她和穆學長跳開場舞，而後一伸手就把他丟出去，再一抬腳，就把他踩得嗷嗷叫，得多丟人啊！

這種事情……絕、對、不、要！

當然，拒絕的原因也不僅如此，還有一點就是……咳，從內心深處說，雖然石詠哲在那之後表現得很淡定，她還是沒辦法把他一個人丟在一邊。因為總覺得有哪裡不對，畢竟他們從小到大一直在一起啊，這次當然也應該是一樣。

所以，她拐彎抹角的找其他人要到了學長的電話，從昨晚起就想打去回絕掉，可惜一直沒人接聽。白天還來過學校幾次，可惜都沒找到人，導致直到現在才說出來。

「如果學長你實在找不到舞伴的話，我我我我可以推薦！」

沉默許久的穆子瑜發出了「哦？」的一聲，這聲音多多少少有點像冷笑，不過莫忘顯然沒有發覺，只是非常確切的點了點頭說：「真的，我問過他，他說自己會跳舞的。」

為啥是「他」？咳咳咳，還用說嗎？

「賽恩！」莫忘一邊說著，一邊回過頭喊去，「你過來一下！」

片刻後，一位「金髮美人」出現在了兩人的面前，她有著如黃金般閃閃發光的長髮，滿是異域風情的外貌以及豐滿姣好的身材……

賽恩表示：女性塑形內衣真是個可怕的東西，他的腰要被勒斷了……救命！

哪怕以穆子瑜的眼光來看，這也是位非常漂亮的美人。

金髮美人踩著七、八公分的高跟鞋，歪歪扭扭的走到兩人面前。不得不說，美人就是美人，明明看起來像是站不穩，走起來卻有一番「弱柳扶風」的韻味。可惜，再像，他還是站不穩啊！

於是，在走到兩人面前時，悲劇發生了。

賽恩一個踉蹌就朝前摔去，摔倒前還很有義氣的把莫忘推開了，「小小姐，快讓開！」而來不及反應的穆子瑜，就這樣悲劇的被壓住了。

幾秒後，莫忘回過神來，連忙衝上去，緊張的問道：「你們沒事……」她一把捂住嘴，臉瞬間就紅了。

K……KISS？

新世界的大門就這樣被打開了……

雖然明知道賽恩的「本體」，但莫忘依舊不得不承認，眼前的一幕真的相當唯美。

被推倒在地的黑髮少年，俊美面容上滿是訝異的神色，眼眸中更是少有的浮起了一絲迷惘，彷彿沒想明白現在到底是個什麼狀況；而另一邊，俯在他身上的金髮「女孩」，因為姿勢的緣故，莫忘無法直接看清「她」的表情，直到一陣微風拂來，那黃金般閃耀的髮絲優雅的飄起，露出了一張布滿紅暈的白皙臉孔。

兩人同樣形狀美好的唇，在此刻……緊貼著。

莫忘默默的捂住鼻子，不知為何，她就是覺得裡面有些發熱，好像下一秒就會有什麼噴湧而出似的。

——麻麻，我是不是一不小心打開了什麼奇怪的大門？

——總覺得有哪裡不對，但又……咳咳咳，喜聞樂見。

——好、好奇怪的感覺。

就在此時——

「卡嚓！」

這樣一個明顯的拍照聲，將在場的三人全數從呆滯中解放。

地上那兩人連忙推開對方，不約而同的開始猛擦起唇，而莫忘則轉頭看向聲音傳來的方向，只見一位非常眼熟的人正站在他們不遠處。那眼熟的紅白色帽子加衣服，那一把白花花的大鬍子，那一個大大的紅色袋子……

「聖誕老人？」

「正解！」來人笑嘻嘻的肯定了莫忘的說法。

莫忘：「……」這聲音……莫非是，「陸學長？」

「再次正解！」陸．聖誕老人．明睿蹦躂著走了過來，晃了晃手中的相機，「為了獎勵這個好孩子，把剛才的照片作為禮物送妳好不好？」

莫忘：「……」雖然有點想要，但是，「哪個國家的聖誕老人會帶相機啊？」

「這不是相機。」陸明睿搖頭，很狡猾的將相機塞進了背後的大袋子裡，「是禮物，我只不過臨時借用一下而已。」

「……」

「明睿！」終於站起身的穆子瑜，用力的擦了幾下嘴後，輕喝出聲，向來柔和的聲線中居然夾雜了不少惱怒色彩，大概是因為剛才的「意外」。

「子瑜，別那麼認真嘛，我只是開個玩笑。」陸明睿聳了聳肩，「而且，能被這麼漂亮的女孩……我羨慕都來不及，你到底有什麼不滿的？」

「……」

一隻手突然扯了扯莫忘的裙角。

莫忘扭過頭去，發現賽恩還跪坐在地上，另一隻手捂著唇，頭頂是幾乎肉眼可見的一片濃重黑暗。

「……賽恩？」怎麼辦，他好像受到了很大的打擊啊……

「小小姐……」賽恩語調緩慢的開口，聲線顫抖，彷彿整個人的靈魂都飛出來了，「對不起，我可能要違背自己的誓言了……」明明向魔神大人發過誓，要將全部身心獻給這位大人的，可是……可是……

莫忘：「……誓言？」

陸明睿：「這個聲音……他是男的？」

穆子瑜：「……」更加用力的用手絹擦起脣。

這可真是個悲傷的故事……

而後，這三人只見金髮美女，不，是少年搖搖晃晃的站起身，隨後走到了穆子瑜的面前，一把握住了他的手，很誠懇的說：「你放心，我會對你負責的。」

穆子瑜：「……」

「所以你可以讓我把孩子生下來嗎？」

穆子瑜：「……」這傢伙是神經病嗎？

陸明睿：「……噗！哈哈哈哈哈！」

沒錯，這傢伙很是不厚道的笑了起來。

而呆滯的莫忘終於反應過來現在是個什麼情況，氣急敗壞的一把抓住賽恩，喊了聲「學長真的非常對不起！」，就非常剽悍的扛著他朝遠方跑去。

且不論這一幕給兩位學長留下了怎樣「深刻」的印象，莫忘是真的已經無語凝噎了！

片刻後，兩人來到無人處。

被自家魔王陛下丟到地上的賽恩表情很是疑惑不解，「小小姐陛下？」

「……你搞什麼啊？」莫忘扶額，「居然對學長說出那種話……」

賽恩似乎意會到了什麼，連忙單膝跪下說：「陛下，請原諒我的自作主張，但是，請務必答應我的婚事。」

「……」這傢伙到底是有多執著啊喂！

「因為，我不能……」賽恩的目光黯淡下來，「讓我的孩子沒有完整的家庭。」

「……」他哪裡來的孩子啊！只是親一下怎麼可能會有孩子啊！而且他們是男人！

「賽恩，夠了，不要繼續給陛下帶來困擾。」

賽恩下意識轉過頭，「艾斯特前輩……」

雖然對於這次舞會最為期待的是學生，但教師也幾乎都得到了邀請，雖然來參加的只有一部分，但「需要貼身保護陛下」的艾斯特顯然是其中之一。不過考慮到「師表」問題，他只簡單的穿著一身黑色的西裝，但即便如此，渾身上下展露出的強大氣場依舊讓人會猜測他是不是正在 COS 某部電影中的反派 BOSS。

緩步走來的艾斯特微嘆了口氣：「賽恩，你應該多學習常識。」說罷，走到莫忘身邊的他也跪下了身，「陛下，請原諒他的魯莽。」

「我倒是沒生氣啦，只是……你的話是什麼意思？」

「是這樣的。」艾斯特仔細的解釋：「在魔界，夫妻的結合是透過『接吻』實現的。」

雖然不太明白所謂的「夫妻結合」是怎麼一回事，但莫忘還是下意識的微微紅了臉，試探性的問：「你的意思不會是……魔界的人只要……咳，親一下，就會懷孕？」

艾斯特篤定的點頭，「正是如此。」

「……」這也太不科學了吧！即使是她也知道，明明要經過更親密的……咳咳咳，那啥，才能有小寶寶啊！

「不過賽恩，即便如此——」艾斯特轉頭看向少年，「兩個男人也是無法生出小孩的。」

「！！！」賽恩如遭雷劈，露出一副恍然大悟的神色，「對哦，我雖然穿著女性的衣服，但我本身是男性啊！」

莫忘吐血，重點在這裡嗎喂！

艾斯特接著傳授知識：「而且，在陛下所在的這個世界，即使接吻也不會使人懷孕。」

賽恩急切的問道：「小小姐陛下，是這樣嗎？」

「……是。」

「太好了！」賽恩長舒了口氣，「我還以為……要背叛陛下了，這真是太好了！」隨即他又疑惑的問：「那麼，陛下、艾斯特前輩，這裡的人是靠什麼懷孕呢？」

莫忘：「……」

艾斯特：「……」

「你們怎麼不說話？」

莫忘和艾斯特再次：「……」

其實，兩人不是不想說，而是他們還真的都不知道……

莫忘雖然從小就身處這個世界，但到底還沒到能夠打開新世界大門的年紀；而艾斯特主要是透過名為「電視劇」的東西瞭解了這一常識——事實上他第一次看到一個女主角連續和男主角、男配角接吻後嚇壞了，非常擔心她到底會生出怎樣的孩子——但能夠正常播出的電視都不會放「細節」啊，他會知道才怪呢！

於是……

莫忘果斷的轉換話題：「時間差不多了，我們也去舞會會場吧？」

艾斯特果斷的接上話題：「是，陛下。」

賽恩：「小小姐陛下……艾斯特前輩……」

「對了，艾斯特，格瑞斯呢？」

「進校門時，有些女性攔住了他，於是我便單獨前來了。」

「這樣啊……」

賽恩：「你們為啥不理我啊……」

艾斯特&莫忘：我們什麼都沒聽到！

所以這個令人尷尬的話題就這樣跳過去了。而直到此時，莫忘再一次意識到，所謂的「魔界」，真的和她所處的這個世界有著許許多多的區別，她的好奇心不由得湧了起來，問：「艾斯特，你們是怎樣結婚的呢？」

艾斯特思考了片刻後，如此回答道：「形式和這個世界的西式婚禮有點類似，不過舉行婚禮的地點是在魔神大人的神殿，盛裝打扮的新人在親友的祝福下，於那位大人的面前訂下婚姻的契約，一生不得違背，否則會受到嚴酷的懲罰。」

「……前面還很唯美，後面就有點可怕了。」

艾斯特卻很認真的回答：「陛下，因為婚姻是一件神聖的事情。」

「……嗯。」莫忘愣了下，而後點了點頭，微笑起來，「說得也是。」總覺得好像做魔族也挺不錯的。啊，對了，「所謂的魔神大人連結婚都管嗎？」

「是的。」

「那生孩子呢，也是魔神大人管？」

「沒錯。」艾斯特對此給予了肯定的答案，「出生後的孩子，都必須被帶去神殿，接受那位大人的祝福。」

「……總感覺好忙。」

莫忘和艾斯特就這樣一路走著一路聊著天，很快，他們回到了禮堂的附近，卻在此時，聽到了一陣震耳欲聾的呼救聲：「來人！救命——」

「……」什、什麼情況？

莫忘愣了下，隨即反應過來，那聲音似乎是格瑞斯的，只是他怎麼會叫得那麼慘？

她連忙朝聲音發出的方向看去，瞬間無語凝噎，原因無他——紫髮青年正被一大群女生圍追堵截……

不知為何，莫忘真心覺得一點都不意外。從最初看到他利用美色哄騙小女生幫他掃地，她就覺得遲早會有這麼一天，只是……沒想到居然會如此的……咳咳咳，波瀾壯闊。

「陛下！」艾斯特攔在了莫忘的身前。

「……你不用這麼緊張吧？」莫忘雙手十分自然的抓住艾斯特的手臂，從他背後伸出頭繼續朝「熱鬧」看去，「她們又不是衝著我來的。」

「不，情況有些奇怪……」

「哈？哪裡奇怪了？」莫忘鼓了鼓臉，「誰讓他欺騙女生感情來著。」就算被揍也是活該吧？花花公子什麼的最討厭了！

艾斯特卻搖了搖頭，很認真的說：「格瑞斯平時的確對女性態度比較好，但絕對不是那樣的人。」

「……」雖然知道艾斯特不太可能說謊，但莫忘還是決定對他這句話持保留態度。俗話說得好，不作死就不會死，如果格瑞斯真的什麼都沒做，怎麼可能造成現在這樣的狀況？不能說因為他的臉長得好，大家就都瘋了吧？穆學長一樣好看，也沒人追殺他啊！

「陛下，您看！」

「啊？」

莫忘順著艾斯特手指的方向看去，瞬間囧然——喂喂，打臉也別那麼快啊！沒錯，她所看到的不是別的，正是穆子瑜被一群女生追殺的情景。

「這到底是……」

「陛下！」就在此時，四處流竄的格瑞斯終於看到了兩人的蹤跡，他眼睛瞬間一亮，隨即瘋狂的揮舞起手來，「艾斯特，還不快來幫忙！」

紫髮青年話音剛落，她身後的一個女生突然撲了上來，手中的菜刀閃爍著刺目的寒光，她毫不客氣的將菜刀狠狠朝他頭上劈去。

莫忘：「……」直到此時，她終於意識到了不對勁。剛才距離還遠，所以沒看清楚，此刻再一看，那些女生的手中居然都拿著武器，其中不乏刀具之類的危險物品，就算再怎麼有仇，也不至於到這個地步吧？

「艾斯特，快去！」

「陛下，您一個人可以嗎？」

兩人的話音在此時重疊。

青年與少女對視了一眼，達成了某種默契。

與此同時——

「陛下，您沒事吧？」賽恩趕到了莫忘的身邊。

「賽恩，能麻煩你去幫幫他們嗎？」莫忘手指向穆學長所在的方位，雖然有陸學長在幫忙，但不得不說，女生的數量實在是太多了，並且看似都抱著某種「魚死網破」的決心，而還擁有理智的學長們明顯不敢下死手，於是更加陷入被動。

「我明白了。」賽恩直接丟掉假髮，踢掉高跟鞋就衝了上去。

注視著兩邊混亂的情景，莫忘情不自禁默默吐槽：「這招桃花體質真心太可怕了。」

當然，她心中也清楚，這種事絕對是不正常的。雖然不明白原因在哪裡，但一定有哪裡不對！

也直到此時，莫忘才發現艾斯特所說的「守護者都是從數以萬計的魔族中脫穎而出的佼佼者」並非虛言。艾斯特與賽恩的身形在人群中快速穿梭著，速度快到幾乎出現重影的地步，而加持了雙重魔法的她只能勉強用目光追上他們的動作，偶爾還是會失去他們的影蹤。

身為知情者的她都驚訝到了這個地步，更何況不知情者們。

於是，穆子瑜與陸明睿近乎驚愕的看到，短短幾分鐘內，原本圍繞著他們的女生無一例外的倒下，發出了有節奏的、此起彼伏的落地聲。而還沒等他們說些什麼，那兩個完全不像正常人的「人」已經拖著另一個雙腳癱軟的青年走回了不遠處的莫忘身邊。

賽恩稍微舒展了下身上的筋骨，朝同樣搞定了一切的艾斯特笑道：「前輩，我搞定了七十六個，你呢？」

「八十三。」

「哎？」金髮少年嘆了口氣，「果然還是前輩你比較厲害啊。」隨即又笑，「以及，還是格瑞斯前輩的魅力比較大。」

格瑞斯：「……」他淚流滿面一把抱住莫忘的大腿，「陛下！！嚇死我了！！！」

莫忘：「……」大哥你哭得這麼慘真的沒問題嗎？

她無奈的嘆了口氣，從身上掏出一條手帕，彎下腰擦了擦他的臉，又拍了拍他的腦袋，勸道：「好了好了，沒事了。」

格瑞斯打起了哭嗝：「陛……嗝……下……嗝……您……嗝……的……嗝……仁……嗝……慈……」

「行了，不用說了。」莫忘真是一臉血，這傢伙再怎麼樣也是守護者之一吧？怎麼能菜到這個地步？而且一個大男人還哭到打嗝，真的沒問題嗎？

彷彿知道了莫忘的心中所想，賽恩小心翼翼的湊過來，壓低聲音說：「陛下，這個真不是前輩的錯。」

「哈？」

「我之前雖然只是聽說，但剛才終於確認了，格瑞斯前輩似乎有……」下面的聲音更加細不可聞。

「厭女症？！」大概是因為遭受過大的衝擊，莫忘不自覺就喊了出來。下一秒她連忙捂住嘴，隨即只聽到抱著她大腿的青年哭聲凝滯了片刻，而後爆出了「啊啊啊啊」的淒慘聲響，她囧著臉道歉：「……對不起。」好吧，她對於這種事情已經完全不知道該怎麼吐槽才好。

不過，怎麼看都應該是「女性殺手」的格瑞斯居然有「厭女症」，真的嗎？

艾斯特在莫忘訝異目光的注視下，輕咳了聲，微點了一下頭，緊接著，他盡量用比較委婉的說法解釋了下。當然，格瑞斯也時不時鄙視著「老對頭」，順帶自我補充。很快，莫忘總結出了這樣一個淒慘的故事——

從格瑞斯是他家第九十九代繼承人這點就可以看出，布倫德爾家族歷史悠久，當然，用比較通俗點的說法就是——有錢有勢。但這個家族詭異的地方在於，特別流行單傳……咳咳咳，魔界夫妻二人雖然最親密的舉動就是親親，然後透過親親就可以造孩子，但是這不意味著親一次就能生出一個孩子啊！

這完全要看魔神大人有多大方！

然而，到了格瑞斯老爹那一代，事情發生了詭異的變化。在小格瑞斯出生之前，他們居然先有了五個女兒。按正常情況來說，五女一兒，怎麼看都該疼惜男孩，可問題是他家這麼多代了啊！還是第一次有人生出女兒啊！這有多珍惜誰都知道！誰都知道好嗎？！

於是，可憐的格瑞斯從小就在姐姐大人們的陰影下長大，而被寵愛得性格非常強勢的姐姐們，最愛做的事情就是抱住自家的弟弟各種玩，捏捏揉揉打扮換裝，簡直像把長相可愛的小弟弟當成了精緻的玩具。以至於不知何時，小格瑞斯患上了「厭女症」，最初的情況很嚴重，簡直是一看到女性就能暈倒，但在家人的關心幫助和治療下，漸漸好轉到了「不能與女性發生任何肢體上的接觸」的地步。

僅僅這樣也就算了，問題是這傢伙自尊心還很強，不樂意因為這件事被人笑話——只是不能與女性接觸而已，並不妨礙他成為一名讓眾人稱道的紳士！

於是就變成了今天這樣……

只要不被碰，這傢伙就是彬彬有禮的紳士；但只要一被碰了……

順帶一提，那個「魔族最優雅舞姿獎」是真的，但他是和一名男性一起獲獎的……咳咳咳，他跳女步。

莫忘聽後真是滿頭黑線，「所以被追殺才只能逃跑嗎？」真是毀三觀！看起來明明像個花花公子，結果居然完全不能觸碰女性，這反差簡直要突破天際了吧？！

「……是。」格瑞斯含淚點頭，他隨身又沒攜帶武器，想敲暈她們必然要和對方有所接觸，搶奪武器倒是可以，但一想到那武器之前才剛被她們摸過就……啊啊啊算了還是逃跑吧，反正遇到艾斯特丟給他就好，反正女性看到這傢伙從來都是退避三舍的！

「等一下！」莫忘從最開始起就覺得那裡不對，現在終於反應了過來，她默默低頭看了眼被抱著的大腿，又看了看號稱有「厭女症」的格瑞斯，怎麼樣都覺得自己似乎是被玩了……

「陛下？」

「……我也是女的。」

格瑞斯：「！！！」驚，「對啊，陛下您也是女的啊！」

莫忘：「……」她默默捏緊拳頭，突然覺得好想揍人怎麼辦……

賽恩歪頭，露出了一臉疑惑，「原來前輩一直沒把陛下當成女性嗎？」

莫忘：「……」天然黑請自重！她不是女的難道還能是人妖嗎喂！

艾斯特：「……」

「行了，艾斯特你別說話，不許再打擊我了！」

注視著莫忘鬱悶的表情，被「下令封口」的艾斯特眼神有些許無奈，卻有更多的柔和。

因為，這一次，英明無比的陛下似乎不小心失算了，他的的確確是知道答案的。

在相見的最初，格瑞斯就能毫無芥蒂的抱住女孩大哭，那時的他還稍微有些驚訝，但隨即便明瞭，這一切的一切大概都是因為——這位大人對他們來說是特別的存在。

比世界上的任何人都要特別，也比世界上的任何人都要珍貴，獨一無二的魔王陛下。

幾人鬧鬧騰騰了一會兒後，莫忘無意間一扭頭，發現穆學長和陸學長還站在不遠處，目光相對間，後者還笑著朝她揮了揮手。女孩的小臉蛋成功的皺了起來——麻麻她好像一不小心又丟人了！TAT

她連忙推了推抱著自己大腿不放的格瑞斯，「好了，起來啦！」

「……」

「格瑞斯？」

「……」

莫忘奇怪的看了某人一眼，突然發現這傢伙似乎口中正唸唸有詞，她好奇的俯下身，只聽到他正在低聲絮絮叨叨：「這就是女性的觸感嗎觸感嗎觸感嗎……」

「……喂！」別拿她的大腿當試驗品好嗎？！

片刻之後，莫忘終於從這種亂七八糟的狀況中解脫出來。她嘆了口氣，隨即皺起眉頭，覺得有哪裡怪怪的，「說起來，真的好奇怪啊……怎麼會突然發生這種事？」

賽恩摸下巴，「說起來，這種情況，我總覺得在哪裡聽說過。」

自覺終於讓自己重新恢復了優雅的格瑞斯點頭，「我也有相同的感覺。」

莫忘的目光看向艾斯特，問道：「你呢？也是一樣嗎？」

艾斯特沉默了片刻，點了點頭，又搖了搖頭說：「陛下，依據現在的情況我不敢斷言，能否允許我查探一下附近的情形？」

「……我明白了。」莫忘用力點了點頭。

賽恩同樣站了出來，「小小姐陛下，請允許我協助艾斯特前輩。」

「嗯，好。」

艾斯特的目光落到紫髮青年的身上，「格瑞斯，貼身護衛陛下的職責就交託給你了。」

「這種話不用你說！」格瑞斯輕哼了聲，「我當然會好好保護陛下。」

「那就好。」

說罷，艾斯特與賽恩轉身離開。

而莫忘則滿頭黑線的推了推不知何時再次抱住自己大腿的格瑞斯，「喂！你夠了……」

「啊！」

「……」他那副驚訝的表情是鬧哪齣啊？！

之後，剩餘的四人不知不覺間走到了一起。不曉得是不是錯覺，莫忘總覺得氣氛略有點尷尬，於是她試圖以說話來打破這種詭異的氣場：「咳，學長，你們剛才是？」

穆子瑜搖了搖頭，「我也不清楚。」

陸明睿補充說：「才一進禮堂，那些女孩都就衝了上來，我最初以為是子瑜始亂終棄，後來發現他估計沒辦法同時『亂』那麼多人……」

穆子瑜不滿的喝道：「明睿！」

「好的，我閉嘴。」陸明睿笑嘻嘻的做了個「將嘴巴拉上拉鍊」的動作。

「……」

陸明睿看向莫忘，問道：「對了，學妹，妳知道這是怎麼一回事嗎？」

「我？」莫忘下意識對上陸明睿的目光，「……」

——又來了，之前那種眼神格外銳利的感覺。

她猶豫了片刻，最後還是搖了搖頭，「不，我不知道。」

這不是撒謊，她的確不知道，只是她也隱瞞了部分事實。艾斯特他們三人都覺得有似曾相識感，這就說明這次的事情很可能與魔界有關，所以還是不要輕易說出口比較好吧？

「哎？這樣啊。」

雖然是肯定的語氣，但也許是因為心中「有鬼」，莫忘總覺得話音裡面有幾分不置可否的味道。

就在此時，她突然想起了一件事，連忙拿出手機撥打了起來。

「對不起，您所撥打的電話暫時無法接通，請稍後再撥……」

「對不起，您……」

「對不起……」

如此的提示聲接二連三響起。

「怎麼會打不通？」莫忘握緊手機轉頭問向其他人：「你們今天有沒有看到石詠哲？」

可惜得到的答案卻是否定的。

莫忘的心中浮起濃重的不安，現在已經過了六點，那傢伙怎麼樣也應該在學校裡吧？為什麼會打不通呢？到底……出了什麼事？

★◎★◎★◎★◎

另一邊，石詠哲其實也在撥打著莫忘的手機，而他所得到的提示依舊是——

「對不起，您所撥打的電話暫時無法接通，請稍後再撥……」

他一邊在路上狂奔著，一邊將手機塞回口袋，「那傢伙怎麼回事？電話怎麼都打不通？」

一路上，少年吸引了無數目光。

其一是因為，今日的石詠哲所穿的是一身海藍色軍裝，這套張姨友情提供的軍服與現實版本略有不同，剪裁更加貼合少年身體的同時，再繫上一條同時包含了肩帶與腰帶的深黑武裝帶，盡情展露出了他如白楊般挺拔的身材。

上衣在領口、袖口、下襬等邊界處鑲了一圈金邊，領口處的領花則為白色，調和色彩的同時更多了幾分青春的氣息。而足下踏著的黑色軍靴，則將少年長腿細腰的優點全數烘托了出來。

再加上軍帽、肩章、臂章等配件，用張姨的話說就是——「一個少年軍人完美出爐！」

而石詠哲則很無奈：「少年軍人是什麼？這稱呼也太奇怪了吧？」

「哪裡奇怪了！」張姨給了自家兒子一個栗爆後，氣哼哼的說道：「佛靠金裝，人靠衣裝，屬性不足裝備湊！我這不是在幫你刷小忘的好感度嘛？別好心當成驢肝肺。」

「……老媽，妳最近又玩什麼網遊了？」

「別轉移話題！」又一個栗爆。

石詠哲：「……」

張姨圍著自家兒子來回轉了幾圈之後，滿足的點了點頭，笑道：「不錯，人模狗樣的，能見人了。」

石詠哲：「……」老媽這成語是這樣用的嗎！

「不許在心裡腹誹我。」再一個栗爆。

「……」石詠哲淚流滿面：老媽怎麼也學會了老爸那套？！

「啊，釦子是不是可以再往裡面釘一點……」

「老媽，我覺得差不多了……」

「不行！給我脫下來！」

「……」

於是，這樣一來二去後，當「十全十美」的石詠哲終於被允許出門時，時間已經很晚了。

臨走前，他家老媽還趴在門框上喊：「兒子，你今晚要是一支舞都沒和小忘跳，就不用回家了。」

石詠哲：「……那我住哪裡？」

不知何時走過來的石叔很沒有同情心的補刀：「和大黃一起睡。」

大黃是一樓李爺爺家養的狗，牠擁有一間很大的狗屋。

石詠哲就這樣淚流滿面的看著自家老爸攬著老媽走進了屋內，關門前還朝他做了個「十點前回家就弄死你」的手勢，人生贏家的姿態展露無疑。他再一次深深的懷疑：我真的不是撿回來的嗎？真的不是嗎？？？

總而言之，他就這樣悲劇的遲到了。

而第二點吸引人目光的原因是——掛在他肩頭的白貓。

「你給我跑快點！艾斯特大人還在等著我呢！」

石詠哲很不客氣的回嘴：「那麼不滿的話就下來自己跑，而且沒人會等一隻貓！」

「哼，你以為我是你嗎？」

「……」少年的膝蓋中了一箭。

「被單身之神眷戀著的男人。」

「……」少年的膝蓋再次中了一箭。

「注定單身一輩子的節奏。」

「……」少年的膝蓋……好吧，已經沒地方插箭了。

腦袋上直接爆出幾根青筋的石詠哲毫不客氣從肩頭揪下白貓，惡狠狠的威脅：「再敢多嘴，我就把你丟出去！」

「你傻了嗎？」白貓卻鄙視的看了他一眼，「我可是貓，從五樓摔下去還是沒事。」

「如果掉進下水道呢？」

「我錯了！」

「……節操呢喂！」

「被我拌著小魚乾吃掉了。」白貓不知從哪裡摸出一隻小魚乾，丟嘴裡，嚼。

「……」

就這樣，當一人一貓終於來到學校門口時，時間早已過了六點。

石詠哲稍微平定了下有些急促的呼吸——不得不說，自從被「勇者之魂」附身後，他的體能真的是越來越好了——又對著明亮的電動伸縮門稍微整理了下衣著，轉而朝校內走去。

「等……」

「啊！」

這樣兩聲幾乎同時響起。

白貓一把捂住臉。

而石詠哲則被一股不知名的力量反彈得連連後退，他愣住：「怎麼回事？」

「學校的門口好像被人布下了結界。」

「結界？」石詠哲雖然不是正統的魔界居民，但在各種資訊普及的年代，關於「結界」是什麼他當然很清楚，「為什麼會出現在學校？」

「不知道。」白貓搖了搖頭，隨後走到學校門口，伸出爪子小心翼翼的戳去，下一秒果然也被那股奇異的力量彈開。

「……」石詠哲臉色突然大變，「小忘……小忘不會在裡面吧？」所以電話才會……無法接通？

他連忙掏出手機，再次撥打了起來。可無論重撥多少次，聽到的都是那樣一道冰冷的提示音。

「可惡！」他一把將手機丟開，再次朝門口衝去。

白貓跳起身一把接住手機，無語的喊道：「沒用的。」

可惜少年好像完全聽不見牠的話，只是自顧自的朝那扇透明的「門」發起著衝擊，一次比一次力度大，同樣的，也遭受了一次比一次強烈的反彈力。

石詠哲又一次狠狠摔落在地時，白貓敏捷的跳到了他的胸前，「夠了！這樣只會白費力氣，根本沒有半點用。」

石詠哲垂著頭，緩緩捏緊不知何時已變得青紫的雙拳，「那你說該怎麼做？」他當然知道自己現在的舉動是白費力氣，但努力了，至少還有成功的機率，哪怕它只有萬分之一甚至更少；可是如果什麼都不做的話，就什麼都沒有了。

除此之外，他還能做些什麼？

白貓突然說：「……召喚吧。」

石詠哲愣住，「什麼？」

「你積累的魔力值已經足夠再一次召喚聖獸了。」白貓舔了舔爪子，「聖獸的種類很多，也有可以吞噬結界的。」

「可是……」他遲疑了下，「勇者」狀態不是想變就能變成的好嗎？

「你也該試著接受那份力量了吧？」

「……」

「你心裡也應該明白的吧，之所以造成現在這種類似於『精神分裂』的情況，是因為你自己本身對其的排斥。」白貓嘆了口氣，從石詠哲的胸前跳下，蹲坐在他對面，難得認真的說道：「那位小丫頭魔王看起來軟趴趴的，在這件事上可比你果決多了。」
石詠哲知道，白貓的話並非謊言。
事實上直到現在，他都不認為自己是「勇者」，而是固執的認為——他是人類，她也是人類，他們只是這世界上最為普通的一對青梅竹馬。因為，一旦承認了那「詭異」的身分，好像有什麼東西就會被完全改變，以往那些美好的日常似乎也會一去不復返，她也不再只是他的小青梅了……
這種事情……這種事情……
他無法接受！
但哪怕他不接受，事實也不會發生任何改變。
因為，她其實比他要勇敢得多，也要堅強得多。
而且現在也不是能夠再繼續猶豫的時候了。
如果接受那份力量、那種身分就可以保護她的話……
——小忘，我很快就去找妳。
——馬上就去！

第七章

迷宮哪有這麼簡單

「那傢伙到底跑到哪裡去了！」莫忘看著手機中被無數次退回的簡訊，心中有些焦躁。

「陛下……」格瑞斯小小的聲音在她耳邊響起。

「？」莫忘下意識抬頭，只見格瑞斯的臉已經皺成了一團，她疑惑的低頭，發現自己不知啥時握住了他的手臂，還一陣猛抓……

聯想到自己的力氣，莫忘淚流滿面，連忙鬆開手，「對不起！」

「沒關係的。」格瑞斯不知從哪裡摸出了一塊磚頭，塞到莫忘手中，「請您捏這個。」

「……」誰要捏這個啊喂！兩位學長也不要用那種圍觀神獸的目光看著她啊！傷不起！

女孩的內心是如此悲傷。眾所周知，一悲傷就要發洩，於是……她一不小心就把手中的磚頭捏成了紅色的渣渣。

莫忘：「……」=皿=!!

陸明睿：「……」==+

穆子瑜：「……」= =

格瑞斯：「您真是好手勁！」豎起大拇指！順帶再遞上一塊磚頭。

「你夠了！」別再破壞她的形象了好嗎？雖然……她似乎沒啥形象。

就在她尷尬得不知說什麼好的時候，看到了艾斯特與賽恩回來的身影，莫忘連忙迎了上去，以這動作來擺脫尷尬的處境。

而一走近，莫忘才發現賽恩不知在哪裡換了套紅白兩色的運動服，咳，原本光著的腳丫子也套上了鞋子。當然，考慮到這種情況若再穿著塑身內衣實在是太過……咳咳咳，所以她淡定的無視了這點變化。

「怎麼樣？知道是怎麼回事了嗎？」

艾斯特點了點頭，輕聲說道：「陛下，應該是有人在學校內放置了夢魔石。」

「夢魔石？」莫忘口中咀嚼著這個陌生的詞語，好奇的問道：「那是什麼？」

「這個我知道！」賽恩伸出一根手指晃了晃，「是一種能用不正確的方式激發人內心欲望的石頭。」

莫忘疑惑的問道：「不正確？」

「唔，比如說……我本來是想要吃肉，然後在夢魔石的影響下，卻變成了拿著菜刀不停殺豬。雖然最終的目的的確是『得到肉』沒錯，但那種行為本身是有問題的，對吧？」

「……」不，這個比方問題才大吧！

賽恩繼續解釋：「再比如我想吃菜，然後……」

「不用說了，我已經理解了！」莫忘連忙喊停，她可不希望再聽到「吃蟲」之類的話，不過這麼想來就可以理解了，那些女孩本身的心願可能是「和他在一起」或者「得到他」，然後不知不覺就變成了追殺他，砍死後得到一部分嗎？突然覺得好重口味……

「等等，那我們為什麼沒有受到影響？」

「小小姐陛下可是魔王大人，怎麼會受到區區夢魘石的影響！」金髮少年回答得很是爽快，「而我們可都是精英，抗魔性很高的，也不太可能會受到影響哦～」

莫忘若有所思的點頭，「這樣啊。」

「嗯嗯。」

「這樣的話，陛下……」艾斯特的眼神中浮起一絲猶豫，似乎不知道是不是該說下去。

而莫忘卻已然體會了他話中的含意，她輕聲的說道：「你是覺得……穆學長和陸學長有問題嗎？」明明是普通人，卻沒有受到任何影響。

「我並不能肯定，只是……」艾斯特的話音頓了下，隨即接著說道：「不受夢魘石影響的情況大致有三種。」

「三種？」

「是的。」艾斯特豎起一根手指，「一，不身處受夢魘石影響的範圍內。」緊接著，他微微搖頭，「我剛才查看了一下，整個校園都……」

「那麼這一點可以排除。」莫忘點頭，「第二點呢？」

「本身具有極高的抗魔性。」說到這裡，艾斯特再次搖了搖頭，「恕我直言，陛下，在他們身上我沒有感受到任何魔力。」

「那麼……第三點是？」莫忘注視著艾斯特豎起的第三根手指，問道。

「夢魔石有一種特性，當其被使用時，距離它最近的人反而可以擺脫影響。」

「……」

莫忘明白了艾斯特話中的含意。簡而言之，不出意外的話，穆子瑜與陸明睿要麼是兩人合謀，要麼其中一人是夢魔石的使用者，否則沒有辦法解釋現在這種情況。

如果是前者的話……目的在哪裡？

如果是後者……卻無法判斷真正的使用者究竟是誰，因為他們兩人之前一直在一起。

「不過，現在就算找出使用者也沒辦法了。」賽恩突然說道，「夢魔石一旦被使用，會自己隱藏蹤跡，除非找到它並且打碎，否則根本沒有解除的辦法。」

「……一直繼續下去會怎樣？」莫忘敏銳的從賽恩的話音中聽到了些許不妙的意味。

賽恩抓了抓後腦杓，歪頭思考了片刻，「好像是叫……夢魔融合吧？」

「是的。」艾斯特點頭，「困在其中的人們的夢魔與夢魔交會融合，最終構造出一個巨大的夢魘。」

彷彿在印證他的話，莫忘突然覺得眼前的景物在某個瞬間扭曲了，她連忙揉了揉眼睛，再看時一切卻又都恢復了原狀。

——錯覺嗎？

不，不對！前一秒明明還是夕陽時分，橘色的日光灑滿大地，可現在的天色卻已然昏暗，四周一片漆黑。

「這個是……」

「空間轉換。」艾斯特警惕的注視著四周，兩把長劍不知何時出現在他的左右兩手中，左邊那把閃爍著奪目的銀藍色光芒，右邊那把卻是一片深黑，隱約還泛著些許不祥的暗紅。他提醒道：「陛下，請小心，我們已經轉換到了夢魘世界。」

「夢魘世界？」

「陛下！」格瑞斯也快速的靠近，手中出現了一把通體銀色、雕飾華美的魔杖，其上鑲嵌的晶石閃爍著淡淡的紫光。

「沒想到來這個世界還能大戰一場。」賽恩爽朗的笑了起來，「真是意外。」說話間，他不知從哪裡摸出了一把金色的重劍，將其插在了自己身旁後，開始鬆動筋骨。

莫忘嘴角抽搐的注視著賽恩的動作，雖然他的動作看起來輕鬆，但那把劍可是直接插入了水泥地面，發出了「砰！」的一聲巨響啊！

更別提……

她默默的將自己和巨劍比了比，悲哀的發現自己居然和它差不多高……

太虐心了！

但是！更重要的是！

她扭頭看了眼目瞪口呆的兩位學長，接著對艾斯特幾人小聲問道：「你們這樣明目張膽真的沒問題嗎？！」

「沒關係的，陛下。」賽恩攤了攤手，「反正他們之中有一個肯定知道夢魔石啊。」

「……」

艾斯特呵斥道：「賽恩，不要嚇唬陛下。」

賽恩乾笑：「嘿嘿嘿嘿。」

莫忘疑惑問：「嚇唬？」

艾斯特認真的解釋道：「是這樣的，陛下，如果沒有強大的抗魔性，離開夢魔世界後會忘記在這裡發生的所有事情。」

「哎？是這樣嗎？」

「是的。」

「原來如此。」莫忘聽完後總算放下了心，在沒有證據的情況下，她不願意懷疑兩位學長中的任何一人；同樣，她也不希望被他們當成「變態」。

「陛下，請使用這個。」艾斯特雙手挽了個劍花，將雙劍交叉插入了腰間不知何時出現的劍鞘中，緊接著單膝跪下，奉上了一把形狀優美、製作精巧的弓。

「給我的？」

「是。」艾斯特點了點頭，「雖然我們會拚死保護陛下，但為了以防萬一，請您帶著它防身。」

「可是……」莫忘有些為難的說：「我不會射箭啊。」從來沒有練過好嗎？「有其他的武器嗎？比如刀劍之類，實在不行賽恩那樣的也可以……」咳咳咳，按照她現在的力氣，應該沒問題吧？

「請無須擔心。」艾斯特認真的解釋道：「這把是魔法弓，可以自動構成箭矢、瞄準目標，陛下您只需要輸入魔力就可以了。」

「這樣嗎？」深感神奇的莫忘拿起弓箭，觸手的第一個感覺就是——它沒有自己想像中的那麼輕，卻很合手。隨即，她學著在電視中看過的樣子，有些蹩腳的對不遠處的花壇拉開了弓弦。緊接著，奇蹟般的一幕發生了，隨著她拉弓的動作，一枝潔白的箭矢居然憑空而生，凝結成形。

箭尖與箭尾卻是紅色。

在瞄準的瞬間，莫忘訝異的看到，花壇上居然也出現了一個紅色的光點。

她試探性的挪了下弓，光點也隨之轉移。

——這這這這難道就是傳說中的紅外線瞄準鏡？好高科技！

讓她覺得神奇的還不止這一點。

莫忘注意到，弓身上居然還有個類似於刻度表的東西，其中不斷有紅色的液體上下浮動，她好奇的問道：「這個是？」

「魔力輸出控制器。」艾斯特細緻的介紹說：「上大下小，陛下您可以根據這個控制自己輸出的魔力，最多可以一次性輸入全身百分之三十的魔力。」

「只能是百分之三十嗎？」

「是。」艾斯特點頭，「一次性使用太多魔力，很容易造成精神疲勞。」

「我可以試試看嗎？」

雖然知道時間和地點都不太對，但莫忘還是有點抑制不住嘗試的心理。眼看著似乎沒人阻止自己，不過為了保險起見，她在代表魔力的液體只浮起了一點點時，就鬆開了手。

白色的箭矢瞬間飛馳而出，如同一道閃電！

下一秒，箭矢插在了花壇上，箭尾顫動間，它「獵食」的目標驀然整個爆開。

「啊！」莫忘被嚇得輕呼出聲，下意識捂住嘴後，她目瞪口呆注視著滿地的石塊殘渣，整個人驚呆了。她……她真的不是故意破壞公物啊啊啊啊！

艾斯特：「不愧是陛下。」

賽恩：「多麼強大的魔力啊！」

格瑞斯：「陛下，請接收我格瑞斯的膜拜！」

莫忘：「……」真是夠了！

本來莫忘已經夠絕望了，結果艾斯特不知又從哪裡摸出了一根通體漆黑的狼牙棒，將其奉到了她的面前，「陛下，請務必再攜帶這個。」

「……」

「說得也是。」賽恩點頭，「陛下的力氣那麼大，用這個比用弓箭還合適。」

「陛下，不試一試嗎？」

莫忘：「……」誰都別攔她，讓她去死一死啊死一死！！！

最終，莫忘還是沒收下那根狼牙棒……誰要那玩意啊喂！她才不要背著那玩意到處溜達呢，太丟人了！

即便如此，她的心靈還是遭受了極大的傷害，好在接下來艾斯特的話稍微治癒了她——用他的說法，因為這裡是夢魔世界，被她射碎的花壇只是現實世界的投影，而並非真正存在的物品。

「那真是太好了……」被嚇到的魔王陛下長長的舒了口氣，雖然損壞公物後賠償是應該的，但她可不想頂著「打碎花壇」這種奇葩的理由啊！

「但是，陛下——」艾斯特接著說道：「我們卻是以本體進入這個世界。」

「你的意思是……」莫忘愣住，「如果我在這裡受傷，就真的是受傷了？我是說……唔……」

雖然莫忘的話語有些凌亂，但艾斯特還是體貼的意會了其中的含意。他微微頷首，肯定了她的說法：「是的。」

「……」總覺得還不如中了夢魔石的招好。

「無須擔心，陛下。」艾斯特就著跪下的姿勢，將莫忘的手貼到額頭處，以誓言的語氣鄭重說道：「即便失去這條性命，我們也不會讓您受到任何傷害。」

「雖然討厭被你代表，但這次勉強就算了。」格瑞斯輕哼了聲。

「我也是一樣……不對，我一點都不討厭艾斯特前輩。」賽恩抓了抓頭髮，燦爛的笑了起來。

「……」

雖然她平時也總是聽到他們說這樣的話，但或許是因為之前並沒有真正身處危險的環境，所以從沒有哪一刻比現在更加確切的感覺到——她失去的，比起她得到的，真的要少太多太多。

在心中那股難言的、深沉的感動驅使下，莫忘重重點頭，「我知道了，那就交給你們三個了。」

艾斯特答道：「是。」

格瑞斯也一本正經的說道：「是，陛下。」

賽恩笑咪咪的說：「瞭解~」

就在此時，莫忘的目光再一次對上不小心又被自己透明化、背景化、炮灰化的兩位學長。

莫忘：「……」好像一不小心又做出了什麼奇怪的事情。=皿=

——算、算了，反正他們也不會有記憶，沒關係的！

於是，莫忘輕咳出聲：「那個，既然你們都拿出了武器，就說明待會可能有危險吧？」

「沒錯哦。」賽恩笑著說：「聽說夢魘世界會折射出人們心中最害怕的怪物！而夢魘石則寄身於最強大的那隻身上。」

「……」這種突如其來的可怕感是怎麼回事？膽顫心驚的莫忘又想起一件事，「對了，艾斯特。」

「？」

「你還有別的武器嗎？就是普通人也可以使用的那種……」

「有的。」艾斯特話音剛落，掌心中再次出現了兩把西式長劍，冰冷的劍身上閃爍著銳利的寒光，「因為他們沒有魔力，所以只能使用普通武器。」

「這樣就可以了。」莫忘表示自己已經很滿足了，雖然兩位學長中可能有一人是……但是，她還是覺得即便真的要算總帳，也應該是在弄清楚一切真相的情況下——個人的性格決定了她很難懷疑他人。

也許連莫忘自身都不知曉，在她的眼中，這個世界雖然不那麼完美，但卻是無比美好的，而好人的數量也遠遠多於壞人。或者說，在她成長的十五年中，「壞人」始終是傳說中的生物，她知道其存在，卻一次都沒有真正的接觸過。這真的是一份難得的幸福，但這份幸福同樣也使她過於單純，所以在見到真正的證據前，她恐怕都不會認為某位學長是什麼壞人。

但同時，她也非常清楚自己的想法有些幼稚天真，所以也在糾結著，自己會不會給艾斯特他們帶來麻煩和困擾呢？想到此，她抿了抿唇，小聲的問：「我這樣做是不是太任性了？」如果真的是這樣，她願意改正。

「不，就近監視再得出判斷是明智的決定。」艾斯特如此回答道。

莫忘這才鬆了一口氣，接著就聽到艾斯特說下去：「而且，只要是您做出的判斷就是合理的、正確的、毋庸置疑的，並不存在任性的說法。」

「……」這種中二的思想還是果斷拋棄吧，再這樣被寵下去，她也許真的會變成任性的豬隊友啊喂！

格瑞斯暗暗的輕嗤了聲：「哼，溜鬚拍馬的傢伙。」

莫忘感動的看向發出了不同聲音的紫髮青年，「格瑞斯……」

格瑞斯果斷的說道：「別用實話來刷陛下的好感度！」

莫忘：「……」結果他不也是在拍馬屁嗎？！

「也就是說，小小姐陛下，您有盡情任性的權利。」賽恩煞有介事的點了點頭，「而我們誰也不會把您的任性當成任性的，反而會陪著您一起任性！」

莫忘：「……」求別補刀！！！

再繼續這樣的對話，莫忘覺得自己一定會心肌梗塞，所以她毅然拿起艾斯特手中的雙劍，朝不遠處的兩位學長走去。走近了，她才發覺，到這邊她也是一樣尷尬好嗎？心中悲傷逆流成河的她硬著頭皮將手中的武器遞了出去，「學長，這個給你們防身。」

「防身？」陸明睿接過武器，挑眉反問。

「呃……」莫忘猶豫了一下，還是點了點頭，「嗯，這裡很危險，為了安全起見，請不要和我們走散。」

她原以為對方還會問更多的問題，卻沒想到他只是很乾脆的點了點頭，「我明白了！」

「……」

「是奇怪我不問這裡是哪裡，以及究竟發生了什麼事嗎？」

「……」他怎麼會知道！

陸明睿嗤的一聲笑了出來：「學妹妳還真是……」把什麼情緒都掛在臉上。

「什麼？」莫忘下意識的反問。

「不。」陸明睿搖了搖頭，「不過，比起那兩個問題，我更在意的是，學妹──」他的臉孔微微湊近，「妳究竟是什麼人？」

「……」莫忘下意識的朝後方縮了縮，這個問題讓她該怎麼回答？「我是大魔王」這種充滿了中二氣息的話語誰說得出口啊喂！求……求放過！

陸明睿注視著女孩瞬間鬱卒了的眼神，再次笑了出來。他微微後退，一手搭住身旁好友的肩頭，另一手玩起自己的小辮子，「我只是隨便問問，不用露出那種為難的眼神啊！對吧，子瑜？」

「……」

沒有得到任何回應的陸明睿側頭，「子瑜？」

穆子瑜愣了下，才回過神來，「……啊？嗯。」

「……」陸明睿略意外的瞥了好友一眼，隨即也不知道想到了什麼，露出些許恍然的神色，但這表情很快便隱沒不見，他笑著將一把劍遞到好友面前，「你的。」

事實上，不僅是陸明睿，莫忘也隱約察覺到了穆學長的表情似乎有些奇怪，而且臉色也有些蒼白。她愣了愣，最終還是小心翼翼的問道：「穆學長，你沒事吧？」

「嗯。」穆子瑜如以往一般露出個溫柔的笑容，「什麼事都沒有。」

「……」

——撒謊。

但即便如此，她似乎也沒有什麼立場來追問，畢竟他們還沒有熟悉到這個分上。然而，如果穆學長失常的原因是……如果是他引起了……

莫忘目光微凝，就在此時，她聽到了艾斯特發出的一聲低喝：「來了！」

眨眼之間，三位守護者呈扇形之勢守護在了魔王陛下和她的兩位小夥伴周圍。

「出、出來了？」不知為何，莫忘的心中突然湧起了一句話——一大波喪屍即將來襲，而後她默默的囧了，這就是玩多了《植物大戰殭屍》的後遺症嗎？

但緊接著，她被現實狠狠的抽了一巴掌。

天色不知何時更加黑得嚇人，這深邃顏色構成的牢籠將人密密籠罩，壓抑又沉悶，卻也無法脫逃。雖然部分武器都可以當作照明的器具，但只能讓人看清身體周遭的情形。而直到此刻莫忘才發現，他們的四方八方不知何時已然圍滿了自夜色中出現的怪物，牠們有著類似於人的外形，踏著緩慢的腳步歪歪斜斜向幾人走來，行走間，還時不時的張開嘴發出幾聲嘶吼，口水滴答滴答落了下來，讓人覺得毛骨悚然。

「喪屍？」陸明睿輕咳出聲，「喂喂，開玩笑吧？我們這是到了末世？」

莫忘：「……」這不是她的錯吧？

賽恩疑惑的聲音傳來：「喪屍？那是什麼？」

莫忘連忙解釋道：「是一種會咬人的怪物，一旦被咬了就會變得和牠們一樣！」

「……太醜了，絕對不要！」賽恩嫌棄的搖了搖頭，「對了，小小姐陛下，牠們移動那麼緩慢，可以說是天然的靶子，拿來練手似乎很不錯，您想試試嗎？」

「試手？」

賽恩點頭，「嗯，不是還不能很好的控制魔力輸出嗎？」

艾斯特點頭，「這是個不錯的主意。」

「我、我知道了。」莫忘點了點頭，雖然得到了「厲害」之類的評價，但她其實到現在都沒什麼真實感，不過她很清楚，自己不能一直站在他們的身後尋求保護，必須親自做點什麼，哪怕只是力所能及的事情。

——不管怎樣，努力了，比不努力要好！

某個意義上，她的思維和自家小竹馬重合了。

格瑞斯輕巧的將手中的魔杖繞了個杖花，「那麼，東面交給我，南面艾斯特，西面賽恩，至於北面……陛下，就託付給您和那兩個路人甲了。」

路人甲一號：「……」
路人甲二號：「……」
莫忘點頭，「我知道了！」
賽恩：「那個……」舉手，「可以請問一下，哪邊是西面嗎？」
「……」
方向痴請自重！！！

幾乎是同時，三人動了！
雖然賽恩還是跑到了北面，但莫忘決定體貼的不糾正他了。
不得不說，雖然同樣來自魔界，但幾人的戰鬥風格其實很不相同。
賽恩的風格如他本人的性格一般爽朗，戰鬥方式也是簡單直接，足有一人高的重劍他只用單手便輕鬆的揮舞了起來，劍身上金色的光芒不斷閃爍，僅僅只是看著，就彷彿會被灼傷。金髮少年簡直就像是一臺人肉割麥機，劍風所掃過處，喪屍們紛紛被其「收割」，倒落在地，重新化為了一團團泛著詭異黑光的「泥土」。
相較而言，格瑞斯似乎更偏愛「優雅」的戰鬥方式，伴隨著他口中吟唱而出的一小段咒文，被他高舉起的魔杖頂端紫色光芒越盛，一大股旋風在其上彙集，片刻後自行分流成十幾個外形類似於迴旋鏢的風刃，以晶核為核心，快速而穩定的旋轉著。就在此時，紫髮青年短暫的吟唱也終於結束，他輕動手臂，魔杖微垂，如同久囚的犯人得到了赦免，風刃們爭先恐後朝喪屍疾射而去。

下一秒，格瑞斯用杖尾輕點地面，另一道由旋風構成的牆壁瞬間將自己團團圍住。

之後的形勢證明了他的選擇異常正確，因為那些風刃紛飛間，喪屍們如同被丟入了攪拌機中，絞碎的「黑泥」四射而出。

如果沒有風牆的保護，格瑞斯自然不可能像現在這樣纖塵不染。

至於艾斯特……

莫忘的目光落到了為她的人生帶來巨大變化的青年身上。

夜色中，他單手提著那把銀藍色的長劍，靜靜的站在不遠處，雖然身形未動，卻沒有人會將其忽略，因為他身上正散發著某種強烈的氣場。

施法之餘，格瑞斯輕輕嘟囔了聲：「這傢伙以為自己是移動冰箱嗎？」

不得不說，來到這個世界後，他真的學會了不少新的詞語。

「他怎麼不動？」

「啊？」莫忘下意識扭頭，才發現原來是陸學長在和自己說話，她思考了片刻後，如此說道：「大概是，不需要動吧。」

因為那些怪物對他來說壓根算不了什麼，所以根本不需要拔出另一柄劍，也根本不需要做多餘的動作，甚至不需要耗費多一分氣力。

這種感覺也許有些莫名，但不知為什麼，她就是固執的這樣認為。

「話說，學妹。」陸明睿再次開口。

「啊？」

「妳這樣發呆真的沒問題嗎？」他伸出手指了指一公尺外的喪屍，「牠要過來了哦。」

「咦？？？」莫忘連忙搭起弓，很快，一枝白色的箭矢憑空凝聚而成，在「魔界版紅外線瞄準鏡」的幫助下，她快速標記了距離自己最近的那隻喪屍，緊接著在魔力浮動條微動的情況下，鬆開了手。

「嗖——」

這樣一聲銳利的輕響之後，箭矢飛射而出，穩穩的插在了喪屍身上！

咳咳咳，還恰好是腦袋。

「準頭真不錯！」

「……」其實是意外啦，她原本瞄準的是肚子，可是喪屍會動，她又不小心顫了下手，於是……

「砰！」

下一秒，這種不祥的爆炸聲再次傳來。

「啊！」莫忘最先反應了過來，連忙拉著兩位學長快速的撤離北面。不得不說，選擇加持「敏捷」真的是一個正確的決定，尤其在看到身前不遠處那滿地的碎泥後……

然而——

「學妹，妳能把我們放下來嗎？」

「哎？」莫忘呆呆的轉過頭，頓時囧起了臉，這才發現自己不知何時居然一手一個的把兩位學長托舉了起來！這個……那個……她輕咳了兩聲，默默的把人放下。

彷彿為了挽救這尷尬氣氛似的，她扯下剛才掛在肩上的弓箭就是一陣爆射，很快，西面衝在前排的喪屍變成了滿地的碎渣渣，某種意義上來說，牠們死得挺慘。

終於告一段落後，莫忘下意識轉頭看向艾斯特的方向，發現他居然正看著自己，目光中有擔憂也有欣慰，好像她一遇到什麼危險，他就會立即衝過來一樣。

與此同時，南面的喪屍也終於團團將艾斯特圍住，其中一隻咆哮著朝他撲去。

「艾斯特！」

在莫忘發出這樣一聲叫喊時，艾斯特手中的長劍揮出，動作簡潔有力，直接將那隻喪屍斬成了兩截。下一秒，艾斯特立劍於胸前，銀藍色的光芒照耀著他俊美的臉龐，讓他整個人看起來宛若天神，莊嚴而神聖。

簡短而又不知名的咒語自他口中吐出，手腕翻轉間，他單膝跪地，直接將手中的劍插入地面。

幾乎是同時，大地結上了一層銀色的冰霜。

這恍若來自於極地的寒冷快速蔓延，很快，喪屍們全數被凍住，變成了一座座露著猙獰面孔的冰雕。

一切就這樣簡單的塵埃落定，自始至終所花的時間不超過五秒。

莫忘：「……」好厲害。

艾斯特站直身體，將沒有染上任何一絲汙穢的長劍緩緩插入鞘中，緊接著，轉過身朝莫忘所處的方向走來。

幾步過後，他的身後突然傳來「刺啦」的一聲輕響。

某座冰雕的表面出現了一條輕微的裂紋。

「刺啦！」

「刺啦——」

那逐漸變大的聲音很快連綿成了此起彼伏的一片。

伴隨著這聲音，無數條裂紋出現在冰雕的表面，縱橫延伸，到達某個界限後，它們幾乎是同時發出了「噌！」的一聲脆響，盡數碎裂成了一塊塊冰渣，隨即墜落在地，合奏成類似於「轟！」的巨音。

而冰雕崩壞帶起的陣風，自後方吹拂向艾斯特。

他銀色的短髮與漆黑的衣襬在風中輕輕飄盪著，讓人有些挪不開眼。

眨眼間，艾斯特已經走到莫忘的面前，微微躬身：「陛下。」

「啊……啊？」莫忘反應過來，後知後覺的發現自己剛才似乎不小心發了點花痴，略尷尬的微紅了臉，「什麼？」

「您剛才做得很好。」

「啊……那個啊……」她撓了撓臉頰，低下頭說：「比起你還差得多啦。」說到這裡，她笑著握起拳頭，「不過我會努力的。」

莫忘點了點頭，很是篤定的說：「如果是您的話，一定沒問題的。」

「雖然是這樣沒錯。」同樣處理完喪屍的賽恩湊了過來，「但是那樣的話，我就沒辦法保護小小姐陛下了吧？總覺得有點傷心啊。」

莫忘：「……」就算是真心話，這樣說出口真的沒問題嗎？

「咦，陛下，您這邊還有剩不少耶……」賽恩指向還在緩慢前進的喪屍群，表情很期待的說：「可以給我玩嗎？」說完，他直接扛著重劍衝了出去。

「……」喂喂，這傢伙到底把喪屍當成什麼了啊？

就在賽恩清理完畢後，附近突然又傳來了這樣的叫聲——

「嗷——」

莫忘：「這個是……狼？」

「恐怕是。」

幾人重新戒備了起來。

就在此時，令人驚異的一幕發生了。

原本散落在地上的泥土，居然如同有著自我意識般，緩緩流動了起來，它們相互尋找著同伴，融彙集合。很快，一隻隻通體漆黑的巨狼出現在了眾人的眼前。

「這……」

艾斯特提醒道：「陛下，請小心，夢魘世界中出現的怪物一次比一次要強大。」

莫忘有點擔心的說道：「那就是說……我們要打到最後一波，才可能接觸到夢魘石？」

「正常情況下是這樣的。」

陸明睿的笑聲傳來：「好像網遊的設定呢。」

莫忘：「……」喂喂，這壓根不是什麼好笑的事情好嗎？

緊接著，眾人陷入了無窮無盡的刷怪環節。

莫忘驚訝的發現，穆學長和陸學長的身手居然相當不錯。穆子瑜明明看起來是文弱型，下手卻異常準狠，至於陸明睿……她雖然曾經見過他和阿哲「互毆」，但也沒想到能好到這個分上，甚至比穆學長還更甚一籌。

漸漸的，男性與女性的差別便體現了出來。

前者很容易在戰鬥中激起熱血，而莫忘雖然依舊有著充足的魔力與力量，卻也隱約察覺到了些許疲勞，但她始終沒有說出口。雖然她或許沒有什麼非常大的作用，說出來也絕對會得到照顧，但這種時候她至少不能拖大家的後腿。不管怎麼樣，她可是魔王陛下，怎麼可以那麼遜！

在打退了又一波類似於巨型蜘蛛的怪物後，黑泥一時之間停止了動作。

「結束了嗎？」格瑞斯不知從哪裡拿出一條手絹，輕輕擦拭著杖尖上的魔晶。

艾斯特搖頭，「不，這個世界並沒有被打破。」

格瑞斯輕哼了聲：「嘖，到底還要弄多久……雖然都是不入流的小怪，但一直出現也太煩人了。」

「是啊。」賽恩點頭贊同，「就不能來點更加威猛的嗎？」

艾斯特突然做出了個噤聲的手勢，側耳傾聽了片刻後說：「小心，有風聲。」

「哎？」

幾乎是同時，一片黑色的旋風向眾人席捲而來。

然而，就在黑色旋風吸引了眾人所有目光的時候，莫忘突然覺得腳下的地面猛地震動了一下，「哎？啊！」猝不及防之下，她整個人被震飛了出去，再次落地時，原本堅硬的地面彷彿變成了沼澤，濕軟得厲害，她瞬間陷入其中。

「陛下！！！」

「艾……」

她沒有抓住艾斯特伸過來的手。

下一秒，莫忘的眼前一片漆黑，就這樣被埋入了深深的泥土之中。而她所看見的最後一樣事物，就是艾斯特寫滿了擔憂色彩的臉孔和完全失去了冷靜色彩的眼眸。

——這到底是……

《拯救世界吧！少女魔王！02魔王陛下哪有這麼可愛！》完

敬請期待更精采的《拯救世界吧！少女魔王！03》

小媽之第八號兒子
番外
夢空——著
IKU——繪
啥時小媽收了第八個兒子？
還跟兒子一起離家出走？！
《小媽系列》番外特輯!!
收錄百季與上官傲之情史、
楚瑜的告白、蒼狼的溺愛，
以及小媽惡搞篇！
篇篇精采逗趣，絕對不要錯過囉！
正傳5集，全國各大書店、租書店、網路書店熱賣中！
小媽之冠蓋滿京華
小媽之全家大風吹
小媽之娘親來追親
小媽之娘親是娘子
典藏閣
華文聯合出版平台
www.book4u.com.tw
采舍國際
www.silkbook.com
不思議工作室_
立即搜尋
版權所有© Copyright 2015

飛小說系列144

拯救世界吧！少女魔王！ 02

魔王陛下哪有這麼可愛！

出版者■典藏閣
作　者■三千琉璃　繪　者■重花
總編輯■歐綾纖
製作團隊■不思議工作室
郵撥帳號■50017206 采舍國際有限公司（郵撥購買，請另付一成郵資）
台灣出版中心■新北市中和區中山路2段366巷10號10樓
電　話■(02) 2248-7896　傳　真■(02) 2248-7758
物流中心■新北市中和區中山路2段366巷10號3樓
電　話■(02) 8245-8786　傳　真■(02) 8245-8718
ISBN■978-986-271-660-1
出版日期■2016年2月
全球華文國際市場總代理／采舍國際
地　址■新北市中和區中山路2段366巷10號3樓
電　話■(02) 8245-8786　傳　真■(02) 8245-8718
新絲路網路書店
地　址■新北市中和區中山路2段366巷10號10樓
網　址■www.silkbook.com
電　話■(02) 8245-9896
傳　真■(02) 8245-8819

線上總代理：全球華文聯合出版平台
主題討論區：http://www.silkbook.com/bookclub　◎新絲路讀書會
紙本書平台：http://www.silkbook.com　◎新絲路網路書店
瀏覽電子書：http://www.book4u.com.tw　◎華文電子書中心
電子書下載：http://www.book4u.com.tw　◎電子書中心（Acrobat Reader）

☞您在什麼地方購買本書？☜

1. 便利商店（______市／縣）：☐7-11　☐全家　☐萊爾富　☐其他______________

2. 網路書店：☐新絲路　☐博客來　☐金石堂　☐其他__________

3. 書店（______市／縣）：☐金石堂　☐蛙蛙書店　☐安利美特animate　☐其他_____

姓名：__________地址：____

聯絡電話：__________電子郵箱：____

您的性別：☐男　☐女　　　　您的生日：__________年__________月__________日

（請務必填妥基本資料，以利贈品寄送）

您的職業：☐上班族　☐學生　☐服務業　☐軍警公教　☐資訊業　☐娛樂相關產業
☐自由業　☐其他____________

您的學歷：☐高中（含高中以下）　☐專科、大學　☐研究所以上

☞購買前☜

您從何處得知本書：☐逛書店　☐網路廣告（網站：______________）　☐親友介紹
（可複選）　☐出版書訊　☐銷售人員推薦　☐其他____________________

本書吸引您的原因：☐書名很好　☐封面精美　☐書腰文字　☐封底文字　☐欣賞作家
（可複選）　☐喜歡畫家　☐價格合理　☐題材有趣　☐廣告印象深刻
☐其他____________________

☞購買後☜

您滿意的部份：☐書名　☐封面　☐故事內容　☐版面編排　☐價格　☐贈品
（可複選）　☐其他

不滿意的部份：☐書名　☐封面　☐故事內容　☐版面編排　☐價格　☐贈品
（可複選）　☐其他

您對本書以及典藏閣的建議____

____

____

✌未來您是否願意收到相關書訊？☐是　☐否

✎感謝您寶貴的意見✎

印刷品

$3.5
請貼
3.5元
郵票
不思議信箱
FUSIGI POST

235 新北市中和區中山路二段366巷10號10樓

華文網出版集團　收

（典藏閣－不思議工作室）

拯救世界吧！少女魔王！ 05

魔王陛下哪有這麼可愛！